Karl Anton

Die Wandlung des Karl Anton

Wundersame Geschichten

Verlag: BoD · Books on Demand GmbH,
In de Tarpen 42, 22848 Norderstedt, bod@bod.de
Druck: Libri Plureos GmbH, Friedensallee 273,
22763 Hamburg
ISBN: 978-3-7693-5350-1

Inhaltsverzeichnis

Vorwort

In einer Welt, die oft von Hektik und Lärm bestimmt wird, verbirgt sich eine stille Weisheit zwischen den Blättern und Wurzeln der Bäume. Dieses Buch erzählt die Reise von Karl Anton, der die alltägliche Welt hinter sich lässt und sich auf die Suche nach dem tieferen Sinn des Lebens begibt. Angeregt, diese Reise anzutreten sind die Gespräche mit seiner Freundin Elise. Während seiner Reise entdeckt er, dass die Bäume nicht nur stumme Beobachter unserer Welt sind, sondern Hüter uralter Geschichten und Weisheiten. Durch das stille Flüstern der Blätter und die, die Bäume umgebende Aura erfährt Karl Anton von den Geschichten der Bäume, und ihrer Vorfahren. Er gewinnt die Erkenntnis, dass es zwischen Himmel und Erde mehr gibt, als das Auge sehen kann.

Das Buch erzählt die Reise von Karl Anton, der durch spirituelle Erfahrungen und das Finden von Erdung seinen eigenen Weg zur Selbstfindung entdeckt.

Während seiner Reise lernt er, dass die spirituelle Welt voller Wunder und Weisheiten ist, die nur darauf warten, entdeckt zu werden. Die Reise öffnen ihm die Augen für eine Welt jenseits des Sichtbaren, eine Welt, in der jedes Wesen, ob groß oder klein, eine Geschichte zu erzählen hat.

Diese Erzählung lädt dich ein, innezuhalten, zuzuhören und die Welt aus einer neuen Perspektive zu betrachten. Sie erinnert uns daran, dass Selbstfindung nicht nur eine innere Reise ist, sondern eine tiefe Verbindung zu der Natur und dem Universum um uns herum erfordert.

Möge dieses Buch dir helfen, die Magie in den stillen Momenten zu finden und die Weisheit der Bäume in deinem eigenen Leben zu entdecken.

Dieses Buch basiert auf den „Gesprächen zwischen Elise und Karl Anton". Eben jenes Buch beinhaltet kleine Theaterstücke in welchen Elise verschiedene

Dinge probiert, wie zum Beispiel: Schamanische Reisen, Böten, Kontaktaufnahme mit Bäumen etc..

Karl Anton steht immer verständnislos ebendiesen Dingen gegenüber. Im vorliegenden Buch beschließt er, sich ebenfalls diesen Vorkommnissen ausführlicher zu widmen und seine eigenen Erfahrungen zu sammeln.

Um die Lesbarkeit zu verbessern, habe ich bewusst einen größeren Abstand der Zeilen und eine größere Schriftart gewählt.

Boddin im Frühjahr 2025

Holger Bork

Karl Anton fasst einen Entschluss

Der Winter war vorbei, aber dem Frühling gelang nicht der richtige Durchbruch. Karl Anton saß an seinem Fenster und schaute in den trüben Tag hinaus.

Dabei ließ er die letzten Monate Revue passieren. Die zurückliegenden Monate waren, wie jedes Jahr von Dunkelheit getrübt worden. Seine Gedanken befassten sich damit, womit eben jene sich überhaupt in den letzten Monaten beschäftigt hatten. Er kam zu dem Schluss, im Prinzip mit nichts. Ab und zu mal Elise besucht, wie immer über sie gewundert.

Er erinnerte sich an das Gespräch mit ihr über den Sinn des Lebens und den Fußstapfen, die man hinterlassen sollte. Hatte er sich in den letzten Monaten aufgerafft, irgendetwas Sinnvolles zu tun, zu unternehmen, möglicherweise jemandem zu helfen oder etwas zu schreiben, um der Nachwelt eine Spur seinerseits zu hinterlassen?

Er gelangte zu dem Schluss, keinem der Dinge nachgekommen zu sein; wie schon so oft, er hatte einen Teil seines Lebens vergeudet, vertan.

Er war mit sich und der Welt schlicht und einfach unzufrieden, dazu das lausige Wetter.

Auf irgendeine Art/Weise stieg Neid in ihm empor. Neid auf Elise, die ja immer eine Beschäftigung wahrnahm. Ihm war schon klar, Neid war keine angenehme Eigenschaft. Diese Erkenntnis steigerte somit sein Hadern, seinen Missmut.

Er konnte sich daher überlegen, sein Leben wie bisher in aller Selbstverständlichkeit an sich vorbeiziehen zu lassen; oder etwas ändern. Umwälzen war aber mit Arbeit verbunden. Wollte er das überhaupt? Oder in aller Unbedarftheit so weiterleben? Das wäre ja am bequemsten.

Nachdenklich schaute er weiter in den Schauerregen. Dann bemerkte er gleichwohl, der Regen konnte etwas Gemütliches haben, zumal er ja im Trockenen und Warmem saß. Sein Blick richtete sich langsam dem Äußeren zu und er stimmte an, die schöne

Landschaft vor seinem Zimmer wahrzunehmen. Die leicht in Dunst gehüllt Gegend – dem Regen geschuldet.

Möglicherweise sollte er doch öfters seinen Blick von innen nach außen richten, wie Elise sich hinsichtlich dieser Verhaltensweise sich betätigte, und schon oft versucht hatte, ihm vorgenannt nahe zu bringen.

Überdies hatte er Elise ein um das andere Mal versprochen, sich ihre Anregungen durch den Kopf gehen zu lassen; hatte es aber immer wieder aus Geistesträgheit verschoben.

Er beschloss, in den nächsten Tagen den ersten Schritt zu unternehmen, einige der Anregungen zu verwirklichen.

Sinnierend erfasste er weiterhin in die regnerische Landschaft, erfreut über sich selber, dass er es versuchen wollte, sich den Aufgaben zu stellen, sich möglicherweise zu verändern. Hoffentlich bleibt es nicht nur bei dem Vorsatz, dachte er, dann begab er sich in seinem Wohnzimmer auf die Couch und machte es sich gemütlich, jedoch mit einem erhabenen Gefühl, etwas ändern zu wollen.

Der erste Schritt der Wandlung

Am nächsten Morgen schaute er aus dem Fenster und voller Freude stellte er fest, der gestrige, regnerische Tag hatte sich in einen Vorfrühlingstag verwandelt. Der Himmel schien in einem frischen Blau, einige Wolken waren gleichwohl unterwegs.

Vermutlich hätte er sein Vorhaben, den Winternebel aus seinem Kopf zu verbannen, verschoben, wenn der Tag sich genau so zugetragen hätte, wie der vorherige. Er kannte sich ja.

Da durchaus eine frühlingshafte Kühle außerhalb seines Hauses herrschte, zog er sich warm an, vorsorglich band er sich ebenso einen Schal um. Karl Anton trat aus der Haustür, wägte ab, in welche Richtung es vorteilhaft wäre, sich zu bewegen, und begab sich dann in Richtung des näheren Waldes.

Jedoch fragte er sich, ob es vorteilhaft sei, diese Richtung zu erwählen, da vermutlich zu ebendieser Jahreszeit noch Waldeskühle herrschen würde. Aber, der Gedanke, sich zum Wald zu begeben, hatte sich in seinem Kopf festgesetzt. So gab er der Eingebung nach. Dabei bemerkte er nicht, dass er sein rationales Denken ausgeschaltet hatte und nur seinem Bauchgefühl folgte. Ohne es zu bemerken, hatte er einen ersten Schritt vollzogen.

Die herrschende Frische umgab ihn, er freute sich, die entsprechende Kleidung angelegt zu haben. Ohne Eile lenkte er seine Schritte gen Waldesrand. Angekommen führte sein Weg auf einen unbefestigten Pfad; feucht und glitschig. Was hatte er sich nur dabei gedacht? Vermutlich überhaupt nichts. War er seinem unbewussten Bauchgefühl gefolgt?

Nach einer Weile wurde es ihm doch zu ungemütlich und er lenkte seine Schritte wieder gen der heimischen Wohnstätte, in der er sich einen heißen

Kakao mit Sahne zubereitete, um sich aufzuwärmen. Genussvoll sah er aus dem Fenster den langsam erwachenden Frühling registrierend.

In den nächsten Tagen herrschte bescheidene Witterung. Seine alte Verhaltensweise stimmte ein weiteres Mal an, die Oberhand zu gewinnen. Der Schlendrian kehrte zurück.

Da er sich selber gram war, beschloss er, endlich einmal mehr, Elise zu besuchen. Welche verrückten Dinge sie wohl wieder trieb? Elise hatte ihn zwar dann erfreut begrüßt, er hatte jedenfalls schnell bemerkt, sie war genervt von ihm. Somit war sein Besuch flüchtig und kurz. Nichts hatte er ihr davon erzählt, dass er beschlossen hatte, einiges in seinem Leben zu ändern, speziell ja hinsichtlich seiner Gedankenwelt. Vermutlich lag es daran, dass er nicht unter Druck geraten wollte, falls sich dieser Vorgang in die Länge ziehen würde.

Er kannte ja Elise, sie würde alle paar Tage nachfragen, wie weit sein Vorhaben gediehen sei. Nein, diesem Druck wollte er sich absolut nicht aussetzen. Somit schwieg er ihr gegenüber.

Der zweite Schritt der Wandlung

Nach einigen Tagen beschloss er, sich erneut nach draußen zu begeben. Seiner Faulheit die Stirn zu bieten. Es war notwendig, sich einzugestehen, dass Veränderungen mit Arbeit verbunden wären. Arbeit an sich selbst. Eigentlich war eine Umgestaltung seines bequemen Tagesablaufes rundherum nicht seine Sache. Aber, was sollte es, er hatte es sich eben vorgenommen. Wenn er jetzt schon aufgeben würde, und Elise käme eines Tages doch dahinter was er beschlossen hatte und dann doch nicht ausführte; die Reaktion mochte er sich absolut nicht ausmalen. Es wäre eine Katastrophe.

Daher unternahm er den ersten Schritt, sich zu ändern.

Nach einem Blick aus dem Fenster, der ihm bestätigte, dass das Wetter göttlich schien, begab er sich auf den Weg. Abermals in die gleiche Richtung, die er schon vor einigen Tagen eingeschlagen hatte, die des Waldes. Es war vermutlich keine bewusste Entscheidung, irgendetwas zog ihn unterschwellig dort hin. Der Frühling hatte in den letzten Tagen

große, weitere Entwicklungen vollzogen. Fast alle Bäume hatten schon ihr grünes Frühlingskleid übergestreift. Die Wege, auch der Waldweg, den er einschlug, waren gut begehbar. Er spürte den leichten Hauch des Frühlings, den vielfältigen Duft in seiner Nase, sein Geruchssinn bescherte ihm ein eigenartiges Gefühl. Eine Empfindung der Leichtigkeit, der Beschwingtheit. Der leichte Wind streifte die Frühlingsblätter. Es hörte sich an, als ob ein Wispern, ein Raunen in der Luft läge.

Da fiel ihm ein, er hatte doch Elise mal überrascht, als sie angeblich mit einem Baum sprach. Lag es im Bereich des Möglichen, dass das Wispern und Raunen in eben diesem Einflussbereich läge? Aber sofort dachte er wieder daran, dass das Blödsinn sei, Bäume können nicht sprechen und mit ihm schon gar nicht. Somit ging er gradewegs weiter und ließ, wie man so schön sagt „Die Seele baumeln".

In den nächsten Tagen, da der Frühling an Intensität gewann, unternahm er fast täglich seine Spaziergänge, die immer länger wurden. Karl Anton merkte, wie ihm diese Aktivitäten ein Wohlgefühl bescherten. Auf irgendeine Art und Weise begann er sich jeden Morgen auf die Spaziergänge zu freuen. Nach geraumer Zeit wollte er sie nicht mehr missen.

Der dritte Schritt. Erkenntnis, warum ihm die Spaziergänge im Wald so gut tun. Waldbaden

Der Vollfrühling war nunmehr gekommen und Karl Anton beschloss, eine Tageswanderung zu unternehmen. Je öfter er im Wald verweilte, je besser erging es ihm. Um sich, wie er meinte, gute körperliche Verfassung bestätigen zu lassen, suchte er seinen Hausarzt auf. Bevor er Risiken einginge, lieber einmal untersuchen lassen.

Während er im Wartezimmer ausharrte, bis er an der Reihe wäre, griff er zu einer der dort ausliegenden Zeitschriften. Das Titelbild hatte ihn sofort „angesprungen". Es war das Bild eines Waldes mit er Überschrift „Geh Waldbaden". Sein erster Gedanke war jedoch: „Wo haben wir denn einen See im Wald? Ich wüsste nicht wo!". Nachdem er begonnen hatte den Artikel zu lesen, kam die Erkenntnis, dass er überhaupt nicht "richtig" baden solle, - sondern „schwimmen" in der Energie der Bäume. War es das, was er schon unbewusst für sich förderte, wenn er im Wald verweilte?

Nahm er die Energie der Bäume in sich auf? War es das, was er manchmal fühlte?

Mit Gespanntheit vertiefte er sich in den Artikel. Zwischenzeitlich wurde er von der Arzthelferin aufgerufen, dass er nunmehr an der Reihe wäre. Er bedeutete ihr, sie solle doch bitte erstmal einen anderen Patienten, der nach ihm an der Reihe wäre, aufrufen, da er den Artikel zu Ende lesen möchte.

Am Ende zog er das Fazit, unbewusst genau das Richtige getan zu haben, indem er seine Waldspaziergänge durchführte und ebenso weiterhin durchführen würde. Das Waldbaden war folglich nicht das „richtige" Baden in einem Waldsee, sondern etwas seiner Gesundheit zu erweisen, indem er die wohltuenden Wirkungen der Bäume in sich aufnahm. Daher sollte er diese Wohltaten offenkundig bewusster aufnehmen. Sich mehr konzentrieren auf die Gerüche, Geräusche oder Farben, wie das Rauschen der Blätter oder den Duft von Tannennadeln. Außerdem herrscht im Wald eine höhere Luftfeuchtigkeit, die extrem wohltuend für seine Atemwege wäre und nicht zu vergessen, der immense Sauerstoffgehalt in der Luft. Wichtig wäre des Weiteren, bei seinen Spaziergängen die Aufnahme von Terpenen. Das Wort hatte er bis zum heutigen Tag nie gehört, aber man lernt ja nie aus. Das wusste er ja von seinen Begegnungen mit Elise. Terpene sind Botenstoffe, die die Bäume aussenden, um miteinander zu kommunizieren. Zum Beispiel, um Schädlinge abzuwehren. Diese positiven Botenstoffe kämen vermutlich über die Luft auch zu ihm.

Jetzt wusste er, warum es ihm im Laufe der Zeit immer besser erging. Er sagte zu sich: „Man lernt eben nie aus. Allerdings sollte ich das alles doch, wie schon gedacht, bewusster machen".

Nun hatte er Zeit sich von seinem Arzt beraten zu lassen. Der stellte fest, alles in Ordnung mit ihm.

Daher gäbe es keine Bedenken, sich in den nächsten Tagen auf die ausgedehnte Wanderung zu begeben.

Karl Anton beginnt seine Wanderung

Der nächste Tag war grau in grau. Somit ließ er es mit seinem Vorhaben bewenden. Er blieb bequem Zuhause. Der innere Schweinehund gewann mal wieder die Oberhand. Warum sollte er sich draußen bei dem Wetter quälen, wenn es doch innen so gemütlich war?

Am darauffolgenden Tag nahm er seinen Rucksack und begab sich mutig auf die Wanderung, die er sich vorgenommen hatte. Erst kam er an den Stellen vorbei, die er ja schon kannte. Dann nach einer ganzen Weile betrat er unbekannte Gefilde. Etwas veränderte sich im Wald. Hier hatten andere Bäume den Vorzug. Lichter war der Wald und bestand aus mehr Laubbäumen. Er war derweil schon eine ganze Weile gewandert und bevorzugte nunmehr eine Pause einzulegen. Er suchte nach einer geeigneten Stelle um sich niederzulassen. Einige Schritte von ihm entfernt standen die Bäume nicht so dicht, und der Waldboden war sonnenbeschienen. Dort ließ er sich auf einem Baumstamm nieder, atmete die Stille ein und begann seine mitgenommenen Speisen zu sich zu nehmen. Wie er es sich vorgenommen hatte, wollte er versuchen den jetzigen Zustand mit allen Sinnen zu genießen. Ruhe kehrte in sein Innerstes ein. Die Helligkeit des Sonnenlichtes, das Zwitschern der Vögel und das leise Rauschen des Windes. Der Wind steifte durch den Blätterwald und Karl Anton meinte, ein leises Rauschen zu vernehmen. Es war allerdings ein anderes, nicht zu definierendes Wehen, nicht in der Art und Weise, wie er es ansonsten wahrnahm. Karl Anton dachte: Merkwürdig, irgendetwas ist veränderter als sonst. Sein Bauchgefühl, auf das er sich ja verlassen wollte; das hatte er ja letztens beschlossen, sagte ihm:

„Die Bäume wollen dir durch ihr Rauschen vielleicht etwas mitteilen. Was mag das wohl sein?" Ihm kam in den Sinn, dass er letztens daran gedacht hatte, dass Elise ja mit den Bäumen angeblich gesprochen hatte. Er hatte das ja damals als Unmöglichkeit spielend abgetan. Sollte er jetzt etwa in einer ähnlichen Situation sein? Kommunikation mit den Bäumen? Merkwürdig, sogar etwas unheimlich war die jetzige Situation momentan schon. Egal, darüber wollte er jetzt nicht weiter nachdenken. Er bemühte sich, den Tag zu genießen und es sich mit und unter den Bäumen wohl ergehen zu lassen. Somit schob er den Gedanken in aller Selbstverständlichkeit beiseite.

Er wollte nunmehr seine Wanderung enden lassen und den Heimweg antreten, da er fand, genug für den heutigen Tag gewandert zu sein. Ermattet, gleichwohl frohmütig erreichte er sein gemütliches Heim.

Wiese oder Wald? Die Kraft des Baumes

Mutig, sein Vorhaben durchzusetzen und auf Grund der bisherigen Erfahrungen, dass diese Tätigkeit ihm zuträglich sei, begab er sich einige Tage später wieder aus dem Hause. In der Tat hatte er seine Spaziergänge vermisst. Die letzten Tage waren immerhin mit anderweitiger Tätigkeit vollbracht worden. In den wenigen Tagen war der Frühling beträchtlich weit fortgeschritten und stimmte an, in den Frühsommer überzugehen.

Nachdem er das Haus verlassen hatte, schaute er in Richtung Wald, jedoch schweifte sein Blick danach auf die andere Marschroute gen Wiese. Auf irgendeine Art und Weise war er heute unschlüssig, in welche Richtung es sich empfahl zu gehen. Nicht einmal sein Bauchgefühl half ihm heutigentags. Er gelangte dann zu dem Entschluss, sich der Wiese zuzuwenden, die in der Ferne lag. Die Sonne schien so prächtig vom Himmel und er begehrte ihre Strahlen, ihre Wärme zu genießen. Dieses war im Walde ja nur bedingt möglich infolge des Blätterdaches.

Daher schwenkte er auf den Weg zur Wiese ein. Genießerisch schlenderte er langsam. Die lachenden Strahlen der Sonne auf seiner Haut spürend. Nach einem längeren Zeitraum erreichte er den zu der Wiese hin leicht abfallenden Rand. Vor ihm lag das Kleinod im frischen, frühlingshaften Grün. Einen naheliegenden großen Stein belegte er mit Beschlag, um sich nieder zu lassen. Gedankenversunken schweifte sein Blick ziellos. Dann gewahrte er mitten in der Wiese einen imposanten, vermutlich schon sehr alten Baum. Eine Faszination ging von ihm aus. Karl Anton war nicht in der Lage, seinen Blick abzuwenden. Eine Inspiration erfasste seine Gedankenwelt. Elise hatte doch des Öfteren von Bäumen und ihrer Kraft und Magie gesprochen. Im

Hinterkopf hatte er ein Gespräch, welches er mit ihr geführt hatte. Mann könne sich die Stärke der Bäume

zu Nutze machen, indem man körperlichen Kontakt aufzubauen versuchte.

Sollte er das mal versuchen? Auf irgendeine Weise kam er sich bei dem Gedanken komisch vor. Aber da weit und breit kein menschliches Wesen zu sehen war – er wollte sich ja in den Augen eines anderen nicht unbedingt lächerlich machen – begab er sich zu dem einsamen Baum auf der Wiese. Was konnte es schon schaden, wenn er einen Versuch unternehmen würde.

Am Fuße des Baumes angelangt betrachtete er ihn ausführlich. Mächtig und kraftvoll war er und vermutlich seit Ewigkeiten hier. Was hatte der schon alles erlebt? Da der Baum im Umfang zu mächtig war, verzichtete er auf den Versuch, diesen zu umfassen. Stattdessen stellte er sich rücklings an den Stamm, schloss die Augen und versuchte zu fühlen, ob sich etwas zutragen würde. Nach einer Weile, kurz bevor er sich schon mit dem Gedanken befasste, aufzugeben, entstand vor seinem inneren Auge ein Bild. War er jetzt im Stehen eingeschlafen? Träumte er? Das war kein Traum, es war etwas Anderes, nicht definierbares. Er hatte das Gefühl, als wenn ein Teil des Saftflusses des Baumes sich abzweigen, und durch seinen Rücken, seine Wirbelsäule fließen würde. Von erheblicher Stärke. Vermutlich dem Frühling geschuldet, da zu dieser Zeit der Baum ausgeprägte Kräfte benötigte.

Nach einer Weile löste er sich von ihm. Irgendeine nicht für ihn definierbare Energie hatte ihn durchströmt und eben jene an ihn abgegeben.

Doch alles etwas verwunderlich. Karl Anton war froh, dieses Experiment gewagt zu haben.

In seinem Heim wieder angekommen ließ ihn das Erlebte erstmal nicht mehr los. Es galt, es zu verarbeiten. Seit er beschlossen hatte, sich zu ändern, passierten wunderliche Dinge.

Karl Anton hört Stimmen

Die nächsten Tage war Karl Anton mit Gartenarbeit beschäftigt. Sommerblumen pflanzen, das erste Mal den Rasen mähen, vorher jedenfalls noch vertikutieren. Dann das Gewächshaus vorbereiten, um Tomaten und Gurken anzubauen. Vor allem sah er die Notwendigkeit, mit dem Holzspalten zu starten, damit er es im kommenden Winter gemütlich und warm haben würde.

Bei all diesen Tätigkeiten schweiften seine Gedanken oft auf das Erlebte ab. Überdies vermisste er die Spaziergänge. Er hatte sich doch schon in hohem Maße daran gewöhnt. Aber, jetzt waren erstmal Gartenarbeit angesagt; ebenfalls ja auch Tätigkeiten in der freien Natur.

Dann kam der Sonntag. Karl Anton hatte etwas länger geschlafen. Draußen herrschte trübes Wetter. Somit konnte er ausführlicher in Morpheus Armen verbringen. Sonntag war Ruhetag. Zumindest früher. Dieses Ritual war leider im Laufe der Zeit aufgeweicht worden. Alles änderte sich und er fragte sich, ob das alles sinnvoll sei. Aber nicht sein Problem, dachte Karl Anton bei sich. Er würde daran festhalten. Gegen Mittag verzog sich das unerfreuliche Wetter und begünstigte den Sonnenschein. Dank dieses Umstands begab er sich endlich wieder auf seinen, - inzwischen geliebten, - Spaziergang.

Im Wald angekommen vernahm er ein zuraunen, ein murmeln. Es kam ihm vor, als ob das im eigenen Kopf geschehen würde. Waren das seine Gedanken? Aber es formten sich Sätze wie: „Schön, Dich wieder zu sehen Karl Anton. Wir haben Dich schon vermisst". Diese Gedanken konnte er sich doch nicht ausdenken? Es war eine paradoxe Situation. Was war Traum, was war Wirklichkeit, was bildete er sich ein? Er zweifelte langsam an seinem Verstand. Er hatte ja in letzter Zeit schon einige merkwürdige Dinge erlebt, die er sich nicht erklären konnte. Alles nahm seinen Anfang mit dem Wunsch, sich zu verändern. Gehörte dieses jetzt auch dazu? Vermutlich sollte er doch mal mit Elise darüber sprechen. Aber nein, dann würde er sich eine Blöße geben, das wollte er nun überhaupt nicht. Er musste mit diesen Problemen alleine fertig werden.

„Hallo Karl Anton" wisperte es in seinem Kopf. „Stell Dich nicht so an, Du hast doch letztens schon mit einem Verwandten von uns Kontakt aufgenommen, als Du Dich an ihn gestellt hast um seine Energie aufzunehmen" Karl Antons Verwirrung stieg weiter an. „Wir wollen uns doch nur mit Dir unterhalten. Du bist doch auf so einem tollen Weg seit Deinem Entschluss Dich zu ändern". Karl Antons Verwirrung stieg und stieg. Daher drehte er um und begab sich auf den Heimweg. Es war an der Zeit, erstmal in Ruhe über das Erlebte und sich selber nachdenken.

Karl Anton lässt sich auf die Kommunikation mit den Bäumen ein

Tagelang war Karl Anton unentschlossen. Sollte er sich auf die ganze Geschichte weiterhin einlassen? Den Versuch starten, sich auf die Interaktion mit den Bäumen einlassen? Bedenken kamen in ihm hoch. Ebendiese bestanden in der Hauptsache darin, würde er es alleine schaffen, sich dieser Aufgabe zu stellen? Wollte er das überhaupt? Sollte er unter Umständen doch Elise um Unterstützung und Rat fragen?

Tagelang, nächtelang kreisten diese Probleme in seinem Kopf. Schlechter Schlaf war somit vorprogrammiert.

Dann kam ihm die Idee, Gedanken, Ratio ausschalten, auf sein Bauchgefühl achten. Was würde ihm das sagen? Vermutlich seine inneren Wünsche, die ihm nicht bewusst wären.

Daraufhin bereitete Karl Anton sich einen Tee zu und setzte sich in seinen Garten. Vollkommen entspannt ließ er den Blick über die Landschaft bis zum Horizont streifen. Dann setzte sich ein Gedanke langsam in ihm fest. „Ja, Karl Anton, lasse Dich darauf ein. Was könnte Dir passieren? Nichts!" Diese Sichtweise manifestierte sich allmählich. Sie ließ ihn nicht mehr los. Jetzt hatte er die Erkenntnis: „Ja, mach das".

Zufrieden mit sich blieb er eine Weile im Sonnenschein sitzen, richtete seinen Blick in die Landschaft, und schöpfte den Moment aus.

Am späteren Vormittag des nächsten Tages begab er sich an die Verwirklichung seines Vorhabens. Mit einem merkwürdigem, kribbelnden, gespannten Gefühl jedoch voller Vorfreude, begab er sich in den Wald.

Er wollte genau die Stelle aufsuchen, an der er das erste Mal das Gefühl hatte, die Bäume hätten ihm etwas zu sagen. Diese Stätte erschien ihm zweckdienlich.

Nach geraumer Zeit, in der die Anspannung in ihm wuchs, erreichte er den von ihm als Ziel erkorenen Platz. Dort ließ er sich nieder und das Warten begann. Ein leichter Wind hob an, das Blätterdach zu durchstreifen. Er wähnte in seinem Kopf ein raunen zu vernehmen. War das der Versuch der Annäherung der Bäume?

Er vermeinte zu hören, dass die Bäume ihm zuflüstern würden: Karl Anton gehe zu unseren Wurzeln, da wirst Du besseren und leichteren Kontakt zu uns haben. Du bist ansonsten noch nicht soweit.

Karl Anton begab sich erwartungsvoll zu dem nächstgelegenen Baum und streckte seine Hand zu den Wurzeln aus. Was dann geschah, konnte er kaum fassen. Klar und deutlich formten sich in seinem Kopf Sätze. „Hallo Karl Anton. Absolut wundervoll, dass Du Dich zu diesem Schritt entschlossen hast. Wir haben Dich schon längere Zeit beobachtet und

sehnsuchtsvoll gewartet bis Du den heutigen Schritt endlich gegangen bist".

Die Bäume fuhren fort: „Wenn Du Dich an alles gewöhnt hast, dann brauchen wir das Hilfsmittel der Kontaktaufnahme über die Wurzeln nicht mehr". Karl Anton konnte kaum fassen, was ihm im Moment widerfuhr.

Klar und deutlich formten sich in seinem Kopf die Sätze. „Über die Wurzeln kommunizieren wir Bäume auch miteinander. Ebenso, das wirst Du noch erfahren und lernen über unsere Aura und über unsere Botenstoffe. Erstmal sind wir hoch erfreut, mit Dir kommunizieren zu können. So wie wir Dich schon einschätzen können, da wir Dich ja beobachtet haben, dürfte es jetzt in Deinem Kopf ziemlich durcheinander gehen. Es war übrigens nicht nur das Beobachten, sondern wir haben durch einen unserer Artgenossen über Botenstoffe die Information bekommen, dass da ein Mensch war, der versucht hat sich mit ihm zu verbinde um Kraft von ihm zu schöpfen. Er hatte sich an seinen Stamm gestellt.

Erinnerst Du Dich Karl Anton? Das war auf der Wiese. Nun haben wir, wie ihr Menschen so schön sagt, eins und eins zusammengezählt und sind davon ausgegangen, Du bist jetzt für alles soweit. Aber, das sei noch gesagt, alles sollte jetzt langsam, ganz gemächlich geschehen. Daher, geh jetzt erstmal in Ruhe nach Hause und lasse das Gehörte erstmal wirken".

Karl Anton erhob sich und begab, ohne sich von den Bäumen zu verabschieden, - da er zu benommen im Kopf war – auf den Heimweg.

In seinem Heim angekommen, den Weg hatte er wie schlafwandelnd hinter sich gebracht, setzte er sich auf die Terrasse und trank genüssliche einen Kaffee. Den hatte er sich verdient. Nunmehr dachte er ausführlich über das Erlebte nach. Hatte er möglicherweise doch geträumt? War seine Phantasie mit ihm durchgegangen?

Karl Anton braucht Zeit

Die nächsten Tage verbrachte Karl Anton damit, sich um sein Haus zu kümmern. Mal wieder Ordnung schaffen. Gartenarbeit war angesagt ebenso weitere Angelegenheiten, die der Erledigung harrten. Oftmals wandte sich allerdings seine Aufmerksamkeit dem in der Ferne weilendem Wald zu.

Im Laufe der Tage bemerkte er eine langsame Wandlung vor sich gehend. Dieses geschah dahingehend, dass er meinte, über dem Walde einen leichten Schimmer zu erkennen, der mit der Zeit intensiver würde. Etwas Helles, welches die Konturen des Waldes zum Leuchten brächten. Er konstatierte diese Wendung zwar, wollte sich aber bewusst nicht damit befassen. Im Innersten hatte Karl Anton genug mit der Verarbeitung seines letzten Besuches im Walde zu erledigen. Er weigerte sich, sich damit zu beschäftigen, „Sollte er vielleicht mal Urlaub machen? An die See fahren und sich dann dort aufhalten wo es keinen Wald gäbe? Nur die Weite des Strandes und des Meeres. Oder vielleicht eine Insel?" Fragte sich Karl Anton. Dann formte sich der Gedanke, wahrlich hätte er keine Lust, seine bequeme Komfortzone aufzugeben. Überdies würde es dort zumindest ebenso auch einige Bäume geben. Gäbe es die Sicherheit, dass das Kommunikationssystem der Bäume nicht auch soweit reichen würde? Es erschien ihm unwahrscheinlich; jedoch die Möglichkeit wollte er dennoch in Betracht ziehen. Nach allem, was ihm in der letzten Zeit widerfahren war, seit dem Zeitpunkt, als er beschlossen hatte eine Änderung in seinem Leben vorzunehmen. Nichts erschien ihm mehr unmöglich.

Wenn Karl Anton gewusst hätte, was ihm im Laufe seiner Wandlungsphase noch alles widerfahren würde, er hätte sich vermutlich schnellstmöglich doch mit Elise ausgetauscht.

Karl Anton bewältigt den nächsten Schritt

Trotz aller Reflexion über Alternativen seiner Entwicklung, formte sich im Kopf immer wieder der Gedanke: „Du hast das angefangen, jetzt mach auch weiter. Was wäre, wenn er aufgeben würde? Könnte er sich dann selber im Spiegel weiterhin ansehen"?

Daher nahm er allen Mut zusammen, um sich dieser Aufgabe wahrlich weiterhin zu widmen, sich ihr zu stellen. Am darauffolgenden Sonntag – in der Woche war er immer wieder von Zweifeln geplagt worden – begab er sich zu der Örtlichkeit im Wald, die er schon kannte und dort den ersten Kontakt mit den Bäumen hatte. Irgendetwas hatte sich nochmals verändert. Nicht nur die Wurzeln erschienen im helleren Lichte, sondern ebenso die Bäume. Um sie herum war ein heller. klarer Schein.

Er setzte sich und streckte seine Hand gen den Wurzeln aus; so wie er es beim ersten Mal gelernt hatte. Eilends nahmen die Bäume Kontakt mit ihm auf. „Na, endlich Karl Anton bist Du wieder da. Wir haben schon lange gewartet. Liegen wir mit der Vermutung richtig, dass Du das alles erstmal verkraften musstest?"

Karl Anton bejahte diese Annahme und zur Bestätigung nickte er mit dem Kopf. „Ob die Bäume das auch sehen könnten, sein Nicken?" Fragte er sich.

Wie es ihm ergangen sei, wollten die Bäume wissen. Karl Anton gab ihnen daraufhin seine Gedanken, seine Zweifel preis. Wie zur Bestätigung bewegten sich die Zweige leicht auf und ab. Karl Anton, der sich langsam an diese Art der Kommunikation gewöhnte, obwohl noch gewöhnungsbedürftig, eben ungewohnt, fragte die Bäume, was sich zwischenzeitlich verändert habe. Es wäre so lichtvoll.

Die Bäume antworteten: „Das sind nicht wir, wir waren schon immer so. Du hast Dich verändert. Deine

Wahrnehmung, Deine Empfindungen sind gewachsen, sind sensiblere geworden. Dieses Licht, das uns umgebt nennt sich Aura. Vielleicht hast Du schon mal davon gehört? Vielleicht in einem der Gespräche mit Elise?"

Karl Anton wurde es nochmals unheimlich, „Woher wussten die Bäume von seinen Gesprächen mit Elise? Aber egal, dann war es ebenso".

Weiter vernahm er, was die Bäume ihm mitteilten. „Karl Anton, Du bist jetzt soweit. Du kannst auch auf eine andere Art und Weise nunmehr uns kontaktieren. Du kannst einfach nur in Gedanken mit uns Kontakt aufnehmen. Wird Dir wohl noch nichts sagen, aber das geht über die Aura und über Energie. Stell Dir mal vor, Du möchtest mit und in Verbindung treten und machst das wie bisher. Was ist, wenn es Nass ist, wenn es geregnet hat? Dann bekommst Du vielleicht eine nasse Hose und das wollen wir ja nun überhaupt nicht". Die Bäume lachten und Karl Anton dachte bei sich: „Na, wenigstens haben sie auch Humor".

„Mich kennt ihr ja, aber wer seid ihr? Ich kenne mich nicht so mit Bäumen aus. Könnt ihr mir erzählen, wer ihr seid?" Kam die Frage von Karl Anton.

Der Eichenbaum sagte „Ich bin die Eiche. Darf ich vorstellen, neben mir ist die Buche und auf der anderen Seite die Esche und die Eberesche, sowie die Birke." Karl Anton vernahm zusätzlich ein bescheidenes Piepsen. „Ich bin die kleine Fichte. Ich darf hier auch wachsen, das haben mir die Großen erlaubt. Die haben immer so schöne Geschichten zu erzählen. Vielleicht erzählen sie Dir ja auch mal einige".

Karl Anton meinte dann aber, jetzt sei es doch genug mit den neuen Erfahrungen und er wolle sich verabschieden, um das Gehörte zu verarbeiten. Die Bäume wünschten ihm einen angenehmen Tag, und Karl Anton begab sich auf den Heimweg.

Karl Anton begibt sich auf eine Reise

Bei seiner Verabschiedung mit den Bäumen hatte er ihnen mitgeteilt, dass er nunmehr für einige Tage Adieu sagen würde. Seine Absicht wäre, erstmal Abstand von dem Erlebten gewinnen und daher in Urlaub fahren.

Die nächsten Tage verbrachte er erstmal damit, zu überlegen, wohin seine Reise ihn führen könnte. In die Berge? Aber da gab es so viele Bäume, es sei denn, er würde ziemlich weit hoch hinaus sich begeben. Eine innere Stimme flüsterte ihm, das wäre nicht so gut für ihn. In die Heide fahren? Die ist indessen im Herbst abwechslungsreicher, kam ihm der Gedanke. Daher bewegten sich seinen Überlegungen doch in Richtung See. Nord- oder Ostsee, diese Frage drängte sich ihm als Nächstes auf. Da er aber primär beabsichtigte, Abstand von Bäumen zu halten, kam er zu der Entscheidung, die Nordsee zu bevorzugen. Dort gäbe es vermutlich nicht so viele, und wenn doch, dann würde er sich aller Voraussicht nach auf eine Hallig begeben. Abstand, von dem Erlebten war dringend notwendig um zu sich selber zu finden.

Mit Bedacht packte er den Reisekoffer, dann begab er sich auf seine Exkursion. Nach einer entspannten Fahrt, in einem bescheidenen, heimeligen Hotel angekommen, begab er sich stehenden Fußes auf einen Rundgang zur Erkundung der Umgebung. Es war ein kleines, gemütliches Städtchen, in unmittelbarer Nähe zum Wasser. Der Strand war fußläufig in kurzer Zeit erreichbar. Was er wohlgefällig bemerkte, war, es gab nur eine kleine Hauptstraße und selbige war nur mit wenigen, alten Bäumen bestanden. Seine Intention für diese Reise bestand ja darin, erstmal einen Abstand zwischen dem

Erlebten mit den Bäumen und sich, bzw. seinem Fühlen und seinen Gedanken hervorzurufen.

Dann ergriff er innerlich die Initiative, sich gen Strand zu begeben. Da es schon später Nachmittag war, seine Ankunft war ja erst kürzlich erfolgt, befanden sich nur einige, wenige Badegäste an dem Gestade. Karl Antons Blick schweifte über das Meer. Über die Weite, bis zum Horizont, an dem sich Meer und Himmel vereinigten. Tief nahm er die salzige Luft in seine Lungen auf und bemerkte dabei, wie er langsam gelassener und entspannter wurde.

Nach einer längeren Phase, die er sitzend auf einer Düne verbracht hatte, begab er sich zu seiner Unterkunft zurück. Es war mittlerweile frühe Abendzeit und Karl Anton beschloss, zu Abend zu speisen. Im Anschluss an ein vortreffliches Abendmahl bemühte er sich auf sein Zimmer, um zu nächtigen. Es lag ein anstrengender Tag hinter ihm.

Frisch und ausgeruht, nach der Einnahme eines ausgiebigen Frühstückes begab Karl Anton sich am darauffolgenden Morgen zum Strand. Ein stilles Plätzchen für sich gefunden, ließ er, wie am Vorabend schon, den Blick streifen, ebenso wie seine Gedanken. „Auf was hatte er sich da nur eingelassen, als er beschlossen hatte etwas zu ändern? War er Entschluss richtig gewesen? Würde er sich überfordern? Wenn er weitergehen würde auf diesem Abschnitt seines Lebens, was könnte ihn noch alles erwarten? Wollte er seine Bequemlichkeit überhaupt aufgeben?" Alle diese Sichtweisen, Fragen tummelten sich in seinem Kopf.

Aber es wäre nicht Karl Anton, wenn er zu keinem Entschluss gekommen wäre. Wie üblich bei ihm, es würde dauern. Am nächsten und ebenso dem darauffolgenden Tag wiederholte sich das Szenario. Er saß und dachte.

Dann schlich sich ein Gedanke bei hm ein: „Wäre es nicht doch einfach spannend, wenn er den Weg weitergehen würde? Würde er ansonsten eventuell etwas verpassen?" Mit der Zeit manifestierten sich die Gedanken dahingehend, und des Weiteren kam auch sein Bauchgefühl dazu, doch den Weg zu beschreiten. Eine gewisse Klarheit breitete sich in ihm aus. Es war für ihn vermutlich angemessen gewesen, für einige Zeit etwas Abstand zu den Geschehnissen zu gewinnen.

Mit dieser Erkenntnis und einer gewissen Vorfreude, doch wieder mit den Bäumen zu kommunizieren, begab er sich am darauffolgenden Tag auf die Heimreise. Innerlich erwartungsvoll, wie die Entwicklung weitergehen würde. Diese Erwartungshaltung war gleichwohl nicht zu konkretisieren.

Die Eiche erzählt

In seinem Heim angekommen, überlegte Karl Anton, ob er sich gleich auf den Weg zu den Bäumen begeben sollte? Ob sie sich freuten, ihn wiederzusehen? Da die vergangene Reise sich als anstrengend herauskristallisiert hatte, beschloss er, sich in Geduld bis zum nächsten Tag zu üben.

Am darauffolgenden Tag beeilte Karl Anton sich mit seinem morgendlichen Ritual, um sich geschwind auf die Wegstrecke gen Waldesrichtung zu begeben.

Alsbald fand er sich an besagter Stelle ein. Ein eingehendes Rauschen erhob sich und Karl Anton wusste, das war ein Zeichen dafür, dass die Bäume sich freuten, ihn zu begrüßen. Geschwind begab er sich zu den Wurzeln, um in Kontakt zu treten. Nachdem dieser hergestellt war, bekam er die Information, er würde diese Art und Weise nicht mehr brauchen. Er solle sich nur konzentrieren. Ob er alles vergessen habe? Somit konzentrierte Karl Anton sich auf die Bäume und siehe da, schnell war die Kommunikation zustande gekommen. Die Bäume: „Toll, dass Du wieder da bist Karl Anton. Wir haben Dich vermisst! Was hast Du erlebt zwischenzeitlich?"

Um die Frage zu beantworten sprach Karl Anton von seiner Reise und den Beweggründen, um dieselbe zu unternehmen. Ebenso teilte er seinen Entschluss mit, sich nunmehr vollständig auf die Kommunikation mit den Anwesenden und ihrer sonderbaren Art einzulassen. Frohmütig ob dieser Einlassung durch Karl Anton schwenkten die Bäume ihre Äste hin und her.

Daraufhin erkundigte sich Karl Anton nach dem Wohlbefinden der Bäume, wie es ihnen zwischenzeitlich ergangen wäre. „Na ja, es ist doch im Verlaufe der letzten Tage und Wochen sehr

Die heilige Eiche

trocken. Die kleine Fichte hat Probleme damit. Wir aber sind schon älter und haben vieles überstanden" antworteten die Bäume. Die Fichte meinte daraufhin: „Ja, es ist schlimm im Moment. Aber, die Großen erzählen mir immer Geschichten und dann kann ich für eine Weile einen Durst vergessen."

Karl Anton: „Könnt ihr mir auch mal Geschichten erzähle?" Die Eiche antwortete schnell: „Ja, und ich fange an, ich bin die Älteste hier". Ein Murren war von den anderen Bäumen zu hören, denn sie wollten alle Geschichten erzählen. Das wäre ja mal eine Abwechselung.

Die Autorität der Eiche siegte und sie eröffnete: „Ich bin ja nunmehr schon uralt; so um die dreihundert Jahre. Habe viele Stürme, viele Sommer und Winter erlebt, Kälte und Hitze. Ich erinnere mich noch gerne an meine Jugend, an die Erzählungen meiner Mutter, die ihr Wissen von ihrer Mutter und die dann wiederum von ihrer Mutter durch Erzählungen bekommen hatte. Heute sind wir ja für euch Menschen nur noch dazu da um aus uns Möbel zu fertigen, oder als Brennholz zu dienen, oder auch Papier herzustellen. Es bekümmert mich, wie die

Zeitalter sich ändern. Aus den Erzählungen ist mir bekannt, wir waren mal heilige Bäume. Solltest Du im Geschichtsunterricht aufgepasst haben, dann dürften Dir die Germanen ein Begriff sein. Im Besonderen bei ihnen waren wir heilig. Unter unserer Krone wurden religiöse Feste gefeiert und Gerichtsverhandlungen angehalten.

Wenn es mehrere von uns an gleicher Stelle gab, dann war das ein heiliger Haine, die nur von Priestern betreten werden durften. Wenn jemand uns beschädigte wurde er hart bestraft. Wir waren auch Göttern geweiht. Bei den Germanen war es Thor, einer der damaligen höchsten Götter. Ach, alles vorbei"

Die Fichte warf zwischenzeitlich ein: „Siehst Du Karl Anton, spannende, manchmal aber auch traurige Geschichten haben die alten Bäume zu erzählen".

Dem stimmte Karl Anton ohne Vorbehalt zu. Die Eiche dauerte ihn. Wie wäre es möglich, sie auf andere Gedanken zu bringen? Trost spenden?

Jählings erinnerte er sich an ein Gespräch mit Elise über die Kommunikation mit Bäumen. Sie hatte ihm ein Gedicht vorgelesen, sowie, ebenso das Buch mitgegeben. In die Lektüre hatte er sich ja im Laufe der Zeit vertieft. Das wollte erholen.

Somit teilte er den Bäumen mit, er müsse nochmals nach Hause, um etwas zu besorgen.

Auf dem schnellsten Wege begab er sich in sein Domizil und kam ebenso in Eile mit einem Buch unter dem Arm wieder zurück.

„Ihr seht zum Troste, ohne Euch könnte man kein Papier herstellen und schöne Dinge darauf festhalten" teilte er den Bäumen mit. Jetzt trage ich Euch mal etwas vor, welches jemand über Dich, Eiche geschrieben hat.

Die Eichen der Mark

Die Mark wird sonst im Reiche

Ein armes Land genannt

Und doch gedeiht die Eiche

So gut im märk`schen Sand.

Da siehst Du Eichen stehn,

Die sind so groß und stark,

So herrlich anzusehn,

Die Eichen in der Mark.

Auf ihnen mit Vertrauen

Und ruhig kann sein Nest

Der scheue Vogel bauen,

Sie stehn im Sande fest.

Kein Sturm bringt sie herunter

Von Platze, wo sie stehn,

Weil sie so tief hinunter

Mit ihren Wurzel gehen.

So hoch darum erheben,

So trotzig sie ihr Haupt

Und sind so voller Leben

Und sind so reich belaubt.

Ja, von den Eichen allen,

Die schön sind, groß und stark,

Am meisten mir gefallen

Die Eichen in der Mark

Hier endete Karl Anton; Schweigen breitete sich aus.

„Danke, es war mir ein Genuss und ein Trost" äußerte sich die Eiche. „Ich habe noch mehrere Gedichte von demselben Mann der Feder. Die werde ich im Laufe der Zeit Euch zu Gehör bringen. Der Lyriker nennt sich Johannes Trojan. Nunmehr möchte ich mich aber für heute von Euch verabschieden es war ein ereignisreicher Tag. Lasst mir etwas Zeit, dann komme ich zurück".

Das Buch der Gedichte

Karl Anton besucht Elise

Es gingen ihm Fragen durch den Kopf, wer er denn überhaupt sei, was er von seiner Familie wüsste? Solche oder ähnliche Geschichten wie er sie vom Baum gehört hatte. Sie waren ihm gänzlich unbekannt. Nie war innerhalb seiner Angehörigen über die Vergangenheit gesprochen worden. Wo lagen seine Wurzeln? Wie war er zu dem geworden, der er derzeit ist?

Er hatte Elise schon längere Zeit nicht besucht – sie hatte ja keine Ahnung von seiner Wandlung; und es empfahl sich, dass das erstmal so bliebe – daher beschloss er, sie aufzusuchen. Nicht ohne den Hintergedanken an ein Gespräch, welches sie geführt hatten, in dem Elise genau die Frage gestellt hatte: „Wer bin ich".

Er hatte, wie es für ihn üblich war, alles nicht für wichtig genommen. Nunmehr stellte sich ihm aber genau diese Frage.

Elise war hocherfreut, ihn zu sehen, und begrüßte ihn überschwänglich. Nach einem belanglosen Gespräch in welchem beide sich über die vergangene Zeit austauschten und was sie erlebt hatten - Karl Anton ließ dabei wohlweislich seine Kommunikations-erfahrungen mit den Bäumen aus. Alsbald kam er auf den Kern seines Besuches zu sprechen. Karl Anton fragte Elise während des Gespräches, ob sie sich an die Unterhaltung erinnern könne, in welcher es um das Thema „Wer bin ich" gegangen sei? Und was sie ihm damals erklärt hatte. Elise war verwundert daher erzählte Karl Anton ihr schnell, dass er sich mal Gedanken darüber gemacht hätte, wer er denn überhaupt sei. Bevor Elise tiefer bohren würde.

Elise konnte sich sehr gut an das Gespräch erinnern. Es war ja nicht anders zu erwarten gewesen. Sie hatte ihm ja damals geraten, nicht einfach nur durch das Leben „zu tapsen". Seine Erinnerung wurde durch die Ausführungen von Elise aufgefrischt. Das Leben wäre die Summe aus einem Erfahrungsschatz. Der positiven, der negativen, der freud- und leidvollen Erfahrungen. Es war ja nett, sein Gedächtnis aufzufrischen, aber das war ja nicht, was er beabsichtigt hatte zu erfahren. Somit stellte er Elise die Frage, dass da doch zusätzlich etwas Anderes gewesen sei.

Elise hatte geantwortet: „Ach, Du meinst das wohl was meine Vorfahren erlebt haben und über die Generationen durch die Erziehung weitergegeben haben bis zu mir! Ja, das gehört auch dazu und somit die Erinnerung auch der Gene. Ich hatte mich gerade in letzter Zeit nochmals damit beschäftigt. Also lieber Karl Anton: Pflanzen können sich an vergangene Umweltbedingungen erinnern und ihre Gene entsprechend anpassen, um besser für die Zukunft vorbereitet zu sein. Dann z.B. Stressreaktionen können von Eltern auf ihre Nachkommen übertragen werden, das ist ein Hinweis darauf, dass epigenetische Veränderungen durch Umwelteinflüsse vererbt werden können." An dieser Stelle war Karl Anton eingeschritten mit der Bemerkung, er wolle keinen wissenschaftlichen Vortrag hören, sondern nur wissen, wie er herausfinden könne, wer er ist. Im Stillen dachte er bei sich, dass es von Interesse wäre, was er gehört hatte in Bezug auf die Bäume. „Na, wenn das so ist, Karl Anton, und Du nichts von Deiner Familie weißt, dann solltest Du über Karma und eventuelle Rückführungen bzw. Rückerinerungen an vorherige Leben gehen. Aber damit kenne ich mich noch nicht aus. Aber schon interessant, welche Gedanken sich neuerdings in Deinem Kopf abspielen" war ihm entgegnet worden.

Nach einer weiteren Tasse Tee, sein Gegenüber war eine begeisterte Teetrinkerin, im Gegensatz zu ihm, der Kaffee bevorzugte – verabschiedete er sich von Elise. Dieses mit dem Versprechen, sich baldmöglichst wieder bei ihr vorbeizuschauen.

Karl Anton geht in der Dämmerung spazieren

Die nächsten Tage, das Wetter war ausgezeichnet, beschäftigte sich Karl Anton mit Haus- und Hof. Wie immer gab es etwas zu tun. Vom Rasen mähen, über Wässern der Pflanzen bis hin zu der notwendigen Hausarbeit.

Dann nach einigen Tagen, als die Kühle des Abends einsetzte, beschlich ihn ein Verlangen sich in den Wald zu begeben. Den Hauch des Waldes in der Dämmerung zu spüren. Somit begab er sich auf den Gang gen Wald; zu der ihm geläufigen Stelle.

Dort angekommen, bemerkte er eine Stille. Ein Schweigen, eine Lautlosigkeit. Die Bäume waren eben dabei sich zur Nachtruhe zu begeben. Sie murmelten noch im Halbschlaf: „Du bist aber spät heute". Dann war wieder Stille, ab und an nur unterbrochen vom weit entfernten Ruf, des Käuzchens und des Uhus.

Es waren die späten Abendstunden und aus einem Teil der ihm bekannten Lichtung strömte ihm ein unwiderstehlicher Duft, entgegen. In den nächsten Tagen sollte sich herausstellen – da er dieser Duftpflanze auf den Grund ging -, dass es sich um das Waldgeißblatt handelte, welches in den Abendstunden seinen verführerischen Duft verbreitete. Dieses zog nachtaktive Falter an, die wiederum Fledermäuse anzogen. Ein reges, nächtliches Treiben hob daher an.

Nicht nur im Wald breitete sich eine Stille aus, sondern ebenso in seinem Inneren, Dabei erinnerte er sich eines Gedichtes, das er vor langer, langer Zeit als Schüler gelernt hatte ein. Er war damals schon so fasziniert, dass er es heute noch rezitieren konnte.

Der Mond ist aufgegangen
Die goldnen Sternlein prangen
Am Himmel hell und klar:
Der Wald steht schwarz und schweiget,
Und aus den Wiesen steiget
Der weiße Nebel wunderbar.

Seine Erinnerung reichte so weit, dass ihm im Gedächtnis verhaftet war, es würde von Matthias Claudius stammen.

Zwischenzeitlich war die Dämmerung schon fast der Nacht gewichen und Karl Anton sah sich genötigt, sich geschwind auf den Heimweg zu begeben, um nicht vom Wege abzuirren.

Unerwartet erschien in nicht allzu weiter Ferne ein Lichtschimmer, der herannahte. Karl Anton war ja schon einiges gewohnt, aber trotzdem beschlich ihn Unwohlsein. Was war das jetzt wieder.

Dar Lichtschein kam näher und näher. Auf irgendeine Art und Weise unheimlich. Unbekanntes Licht im Wald in der beginnenden Dunkelheit. Je mehr es herannahte, je deutlicher konnte Karl Anton erkennen, dass es eine Wesenheit war, die eine Laterne in der Hand hatte. Daher kam das merkwürdige Leuchten.

Dann erschallte aus einiger Entfernung der Ruf: „Karl Anton, habe keine Angst, ich bin Elania, und die Bäume haben mich beauftragt, Dir Licht zu bringen damit Du Deinen Heimweg noch finden kannst, da Du ja sehr spät dran bist".

Karl Anton war wie schon so oft absolut verwundert, was ihm geschah.

Als die Erscheinung ihn erreicht hatte, sagte sie zu ihm: „Wie gesagt, die Bäume haben mich noch beauftragt, bevor sie ganz eingeschlafen sind. Ich bin eine Elfe, eine Nachtelfe. Wir haben eine tiefe

Verbindung zur Natur. Wir sind Umweltschützer, die nichts unversucht lassen, um Mutter Natur vor Schaden zu bewahren. Mit unserer Magie versuchen wir Feinde auf Abstand zu halten".

„Also Karl Anton – hatte die Elfe zu ihm gesagt – jetzt sollten wir aber losgehen, damit Du baldmöglichst Dein Heim erreichst".

So begab sich Karl Anton mit der Elfe, die ihm den Weg leuchtete auf den Heimweg. Karl Anton bedankte sich mit dem Hinweis, die Elfe möge den Bäumen seinen Dank bekunden.

Karl Anton trifft Leshy

Wie Karl Anton es sich im Laufe der vergangenen Zeit angewöhnt hatte, legte er eine Pause nach dem letzten Erlebnis ein.

Er wollte sich selber nicht überfordern. Somit begab er sich in die Stadt, um einzukaufen. Dringend hatte er Reparaturarbeiten an seinem Stall durchzuführen. Bei heftigem Regen tropfte es seit einiger Zeit durch die dortige Decke. Ebenso waren ihm körperliche Aktivitäten zuträglich.

Er klopfte, hämmerte und dichtete das Dach ab. Der nächste Winter käme bestimmt und der Schaden würde sich vermutlich schnell vergrößern. Wenn er nicht schlechterdings arbeitete, wobei seine Konzentration gefragt war, saß er auf der Terrasse und dachte über das bisher erlebte nach. Wunderlich erschien es ihm alles stets noch. Manchmal fern der Realität. Seine Aufenthalte auf der Veranda schätzte er doch fürwahr. Seit Tagen war es schon immens warm, ebenso hatte es seit geraumer Weile keinen Niederschlag gegeben. Er beschloss somit, die Kühle des Waldes aufzusuchen, wobei sich der angenehme Nebeneffekt eines Besuches bei den Bäumen ergeben würde.

Nachdem sich die größte Wärme des Tages verflüchtigt hatte, begab Karl Anton sich auf seinen Weg. Die Strecke war von Staub bedeckt, dem Wassermangel geschuldet.

Dann umfing ihn am späteren Nachmittag die Kühle des Waldes. Erquickend die gefühlte Frische. Kein leises Lüftchen, kein Gesang eines Vogels. Stille. Eine merkwürdige, schläfrige Lautlosigkeit umgab ihn.

Seine ihm inzwischen vertrauten Bäume standen im Halbschlaf um ihn herum. Ohne, dass Karl Anton etwas gesagt hatte, teilten die Bäume ihm mit, sie seien schlicht ermattet durch die Wärme und dem fehlenden Nass. Dann sprachen sie eine Bitte ihm gegenüber aus. Ob er gegebenenfalls für die kleine Fichte etwas Wasser besorgen könne, sie seien in großer Sorge um die Fichte. Sie selber kämen ja mit ihren Wurzeln tief in die Erde, um das benötigte Nass aufzunehmen; aber das gelänge der kleinen Fichte natürlich noch nicht.

Eilends folgte Karl Anton dieser Bitte, indem er sich unverzüglich auf den Heimweg begab, um Wasser zu besorgen.

Da Karl Anton die Angewohnheit hatte, vieles aufzubewahren - man könnte es ja vielleicht noch gebrauchen, dementsprechend sah sein Abstellraum aus - fand er nach einigem Suchen entsprechende Behältnisse. Gefüllt mit Wasser begab er sich ohne Umstände zurück in den Wald. Diesen Tag hatte Karl Anton sich wahrlich anders vorgestellt. Ursprünglich hatte er vorgehabt, die Ruhe des Waldes zu genießen und mit den Bäumen endlich mal wieder kommunizieren. Aber, wenn Hilfe von Not war, fühlte er sich verpflichtet zu helfen. Die kleine Fichte sah ihn schon flehentlich an.

Karl Anton goss vorsichtig und langsam das mitgebrachte Wasser an den Wurzelbereich der kleinen Fichte. Er hatte genügend Flüssigkeit mitgenommen, so dass es für die nächsten Tage reichen würde, das Begehren nach dem Nass gestillt wäre. Die kleine Fichte hauchte nur ein „Danke". Karl Anton war mit sich zufrieden, da er eine gute Tat vollbracht hatte. Der vorgestellte Verlauf seines Besuches hier, war ursprünglich ein ganz anderer gewesen. Aber, dann war es ebenso. Man hatte ja nicht alle Planungen immer im Griff. Oftmals kam es ja anders, als man gedacht hatte. Sein hin und her laufen hatte ihn doch nunmehr ermüdet und er begab sich auf den Heimweg.

Kurz vor erreichend des Waldesrandes saß neben dem von ihm beschrittenen Waldweg jemand. Er konnte es aber nicht deuten, und so begab er sich vorsichtig in die Nähe des Unbekannten. Voller Verwunderung; andererseits aber wunderte Karl Anton sich ja über nichts mehr. Als er die Stelle erreicht hatte, konnte er erkennen, es war ein kleines Wesen. Die Haut sah ähnlich aus wie die Rinde der Bäume, moosbedeckt war der Körper und auf dem Kopf befand sich etwas, das ähnlich einer Krone aussah. Karl Anton wurde mit einem Lächeln begrüßt und ließ sich dann im Gras nieder. Karl Anton stellte sich erst einmal vor.

„Darf ich mich Dir auch erstmal vorstellen?" Sprach, der „lebende Baumstamm". „Ich bin Leshy, ein Waldgeist, der die Tiere und Pflanzen des Waldes beschützt. Ich kann mich verändern und dadurch tarnen. Aus diesem Grund hast Du mich noch nicht sehen können. Eine ganze Weile beobachte ich Dich schon.

Leshy der Waldgeist

Wohlwollend habe ich Deine Kontaktaufnahme mit den Bäumen zur Kenntnis genommen. So manches Mal kommen die Menschen in den Wald, und die, die Respekt vor der Natur bzw. dem Wald haben, opfern mir ab und an Brot, Salz oder Milch und damit um meinen Schutz zu bitte.

Lieber Karl Anton – Du siehst, ich kenne Deinen Namen – Dir möchte ich sagen, Du bist anders als die Menschen, die sonst den Wald betrete. Wie ich schon sagte, ich beobachte Dich schon länger. Du bist auf dem guten Weg, die Seele des Ortes zu erfassen, zu erfahren. Gehe Deinen Weg weiter, und Du wirst noch weitere wunderliche Dinge erfahren. Weshalb Du mich jetzt aber sehen kannst, warum ich mich sichtbar gemacht habe ist, ich wollte Dir dafür danken, dass Du die Mühe auf Dich genommen hast, um der kleinen Fichte Wasser zu bringen". Mit diesen Worten schloss Leshy und begann, mit er Umgebung zu verschmelzen, bis er nicht mehr sichtbar war.

Mit Wohlgefallen hatte Karl Anton die Worte der Anerkennung zur Kenntnis genommen. Mal etwas Positives im Leben. Der Tag war gänzlich anders verlaufen als gedacht. Mit Freude begab er sich auf seinen Heimweg.

Karl Anton und der Eschenbaum

Die nächsten vier Tage war Karl Anton voll und ganz mit seinem Garten beschäftigt. Der Wetterbericht hatte einen Umschwung angekündigt und den damit ersehnten Regen. Vordringlich war, sich um seine Kräuterernte zu kümmern hinsichtlich der in einigen Monaten anstehenden kalten Jahreszeit. Zum einen trocknete er sie, zum anderen fror er sie ein. Ebenso verfuhr er mit den ersten reifen Tomaten, trocknen und dann, gleich fertige Suppen kochen, welche dann in die Tiefkühltruhe kamen.

Eile war geboten bezüglich der Herstellung der Erdbeermarmelade, die Zeit der Erdbeeren neigte sich dem Ende zu.

Somit war Karl Anton beschäftigt und daher ergab sich keine Gegebenheit sich in den Wald zu begeben. Die derzeitige Arbeit hatte nunmehr absoluten Vorrang.

Dann kam der angekündigte Wetterumschwung und somit der sehnlichst gewünschte Rege.

Nach Beendigung des vom Himmel kommenden Nass begab er sich unverzüglich auf den Weg zum Wald. Von den Bäumen tröpfelte es weiterhin. Der Wald war durchdrungen von einem erfrischenden Odem. Da Karl Anton nunmehr längere Zeit geübt war in der Kommunikation mit den Bäumen, bemerkte er ihr aufatmen. Die Trockenheit war erstmal vorbei. Als er sich auf seinen gewissen Platz eingefunden hatte, merkte er die Erleichterung der dortigen Bäume unverzüglich.

Karl Anton und die Bäume nahmen augenblicklich Kontakt auf. Je öfter er sich dort aufhielt, je schneller gelang die Kontaktaufnahme.

„Schön, Dich zu sehen, meinten die Bäume", wobei sie alle gleichzeitig sprachen. „Wir haben Dich vermisst, aber Du hattest sicherlich auch viel zu tun!"

Dem stimmte Karl Anton zu und berichtete von seinen verrichteten Arbeiten. Die Esche sprach daraufhin zu ihm: „Jetzt haben wir uns erholt und ich möchte Dir berichten wie es mir bzw. meinen Vorfahren ergangen ist". Die Eiche fiel der Esche sofort ins Wort „Halt, zunächst einmal bin ich aber an er Reihe. Ich habe noch einige Geschichten zu erzählen. Vor allem die Begebenheit mit der dichterischen Exkursion." Daraufhin die Esche: „Nein, nein, Du hattest schon die Möglichkeit, eine Deiner Geschichten uns zum Besten zu geben. Jetzt bin ich an der Reihe." Brummelnd gab die Eiche nach, und der Esche den Vortritt.

„Wie ebenso bei der Eiche wurde oft in unserer Familie über vormalige Zeiten gesprochen. Die Geschichten wurden von Generation zu Generation weitergegeben. Unter guten Bedingungen können wir ja so um die zweihundert Jahre alt werden. Da das, was ich erzählen möchte, somit noch nicht allzu viele

Generationen her ist, dürfte es bestimmt noch authentisch sein. Vor mehreren Jahrhunderten, als es viele, dichte Wälder gab, die Menschen noch nicht der Technik verbunden, war eine Zeit des Zusammenhaltes von Menschen; Natur und den damaligen Göttern. Wir waren fast genauso wichtig wie die Eichen.

Als Symbol für das Leben, das Wachstum und die unendliche Verbindung zwischen Himmel, Erde und Unterwelt wurden wir gesehen. Wir hatten einen speziellen, heiligen Namen. Die Germanen nannten uns Yggdrasil, den Weltenbaum. Unsere Äste und Wurzeln umspannten die gesamte Welt und das Universum. Wir hatten drei große Wurzeln, die in verschiedene Welten reichten: eine in Asgard (die Welt der Götter), eine in Jötunheim (die Welt der Riesen) und eine in Niflheim (die Unterwelt). Diese Wurzeln wurden von drei verschiedenen Quellen genährt: dem Brunnen Mimir, dem Brunnen Hvergelmir und dem Urðarbrunnen.

Manchmal habe ich das Gefühl, wie jetzt bei der Trockenheit, diese Wurzeln nähren mich weiterhin. Vielleicht sollte ich mal in mich gehen, um dieses zu erforschen. Eventuell so etwas wie ein Urgedächnis?

Wir haben die neun Welten, die verschiedenen Ebenen der Existenz repräsentieren. Diese Sphären waren sowohl physisch als auch spirituell miteinander verknüpft. Damit das jetzt nicht zu lang für Dich wird, möchte ich Dir nur drei nennen. Die anderen kannst Du ja selber dir aneignen, wenn Du Lust dazu hast.

Asgard ist die Heimat der Aesir-Götter, wie Odin, Thor und Frigg. Diese Welt liegt hoch oben im Weltenbaum und ist durch die Regenbogenbrücke Bifröst mit Midgard verbunden. Asgard ist eine Welt des Glanzes und der Macht, wo die Götter in prächtigen Hallen leben.

Midgard ist die Welt der Menschen. Sie liegt in der Mitte von Yggdrasil und wird von den Ozeanen umgeben. Midgard ist durch Bifröst mit Asgard verbunden. Diese Welt ist die irdische Ebene.

Alfheim ist die Heimat der Lichtelfen (Ljosálfar). Diese Wesen sind schön, leuchtend und haben eine enge Verbindung zur Natur und zur Magie. Alfheim ist ein heller und friedlicher Ort voller Licht und Harmonie. Jetzt ende ich aber hier. Das ist ein Teil meiner Geschichte. Ihr Menschen habt ja leider, leider die Verbindung zur Natur verloren." Traurig schob die Esche nach: „Ich hoffe nur, ihr findet die Verbindung wieder. Du, Karl Anton, bist auf einem wundervollen Weg dahin".

Hier endete sie mit ihrer Erzählung und Karl Anton hatte danach eine Weile schweigend und nachdenklich im Gras gesessen.

Yggdrasil der Weltenbaum

Darauffolgend stand Karl Anton auf, griff in seine Hosentasche, und meinte: „Ich hatte es mir ja erhofft, wiederum eine Geschichte zur Kenntnis zu bekommen. Daher habe ich vorsorglich wieder lyrische Gedichte mitgenommen, um sie Euch zur Kenntnis zu geben; wie bei der Eiche. Nur, damit Ihr um eure Bedeutung wisst. Ich erlaube mir, es Euch vorzutragen.

Ich habe verschiedene mitgenommen, da mir ja im Voraus nicht bekannt war, wer mir etwas erzählen würde".

Die Alte Esche

Am Rand des stillen Waldes,

sie steht, die alte Esche.

Ein Wächter der Jahrhunderte,

mit einem Herzen voller Geschnissen

Ihre Rinde,

die Narben, stolz sie trägt.

Von Stürmen und von Zeit,

doch,

fest sie steht und majestätisch,

in Windsbraut tosen.

Die Zweige, knorrig und gewunden,

erzählen von vergangenem Leben.

Von Vögeln, die einst nisteten, in ihr,

und Blättern, die im Wind bebten.

Die Wurzeln tief im Erdreich,

erstreckt über Generationen,

fest sie halten,

trotz aller Zeit.

Oh Esche,

du weiser Greis.

Mit Blättern, die wie Flüstern klingen,

Du lehrst uns stille Demut,

das ewige Lied des Werdens und Vergehens.

Mögen wir in deinem Schatten uns erquicken.

Mögen wir von ihr lernen, die Stürme still zu

überstehen.

Hier endete Karl Anton mit seinem Vortrag des „Gedichtes". Er bedankte sich bei den Bäumen und trat nachdenklich den Heimweg an.

Nicht ahnend, dass der Tag für ihn noch nicht vorbei war. Es sollte sich ein weiteres Zusammentreffen ereignen.

Eine kurze Begegnung mit Disir

Gedankenverloren wandelte Karl Anton im Schlenderschritt, als er meinte, einen leisen, dünnen Klang zu vernehmen. Da er sich ja abgewöhnt hatte, sich zu wundern, richtete er seine Aufmerksamkeit auf das Vernehmen der Stimme.

Dann hörte er es deutlicher. „Karl Anton, Karl Anton" wurde er gerufen.

Hinter einem Baum kam eine kleine Elfe hervor. „Hallo Karl Anton", wurde er begrüßt. „Schön Dich kennenzulernen.". Karl Antons Reaktion darauf war, zu fragen, woher die Elfe ihn kennen würde.

„Ach mein Lieber" kam die Antwort der Elfe, „Dich kennt doch inzwischen jeder im Wald. Die Bäume, wie die Feen und Elfen. Du bist sehr bekannt hier. Ich wollte Dich nur mal kennenlernen und mich Dir vorstellen. Ich heiße Disir und bin eine alte Elfe mit gewissen Heilkräften. Ankündigen wollte ich Dir nur,

Dich wird eine Überraschung erwarten, wenn die Eberesche endlich erzählen darf. Sie ist ja schon ganz ungeduldig. Mehr hatte ich überhaupt nicht im Sinn. War schön, Dich kennenzulernen". Damit verschwand die Elfe wieder hinter einem Baum und Karl Anton vermochte seinen Weg fortsetzen.

Die Elfe Disir

„Kaffeeklatsch" bei Elise

In den nächsten Tagen hatte Karl Anton ein befremdliches Empfinden. Er konnte es nicht eintaxieren, nicht verorten. Die Frage drängte sich ihm auf, was mit ihm „los" sei. Es blieb ihm daher nichts Anderes übrig, als darauf zu harren, dass ein Impuls seine Gedankenwelt erhellen würde. Es war zwar nicht unbedingt sein Naturell sich in Geduld zu fassen – wenn es des Öfteren auch den Anschein erwecken würde. Ihm blieb ihm in diesem Fall nichts anderes übrig. Wäre es sinnvoll, mal wieder Elise zu besuchen? Vernachlässigt hatte er sie ja schon eine ganze Weile. Der Grund war vermutlich, dass er sich allzu häufig mit sich selber und seinen Erlebnissen beschäftigt hatte.

Eine Anregung von ihr bezüglich seines Empfindens wäre vermutlich hilfreich und könnte ihm helfen, eine Erkenntnis zu erlangen. Allerdings wäre es ratsam, bedachtsam hinsichtlich der Tatsache zu sein, dass er sich in einer Wandlungsphase aufhielt. Er wollte es ihr ja derzeit nicht zur Kenntnis geben, erst dann, wenn er das Gefühl hätte, es wäre die Phase der Erklärung gekommen. Elise war hoch erfreut ihn zu sehen. Das Gespräch drehte sich anfangs um belanglose Dinge. Normalerweise würde man dieses als „Kaffeeklatsch" bezeichnen. Elise erzählte ihm, sie wäre verreist gewesen. Urlaub im Süden durchgeführt. Durch und durch positiv sei es gewesen. Erholt und voller Elan sei sie aus dem Urlaub zurückgekehrt. Dann fragte sie Karl Anton, was ihm denn in der vergangenen Zeit widerfahren sei? Karl Anton erzählte ihr, er hätte so dies und das erledigt, Gartenpflege, Basteln etc.. Er beabsichtigte

weiterhin, nicht zu verraten, welchen Erlebnissen er in der vergangenen Zeit ausgesetzt war. Dann erzählte er Elise aber, dass er sich in irgendeiner Weise merkwürdig fühlen würde, und er in Erinnerung hätte, dass es Elise doch mal ähnlich ergangen war. Elise hörte ihm aufmerksam zu und erinnerte sich dabei an eine gemeinsame Zusammenkunft. Sie hatte sich damals gerade geerdet. „Karl Anton, versuche doch mal Dich angemessen mit der Erde zu verbinden. Oder vollkommen bewusst die Natur zu genießen" gab sie ihm die Anregung. Karl Anton dachte dabei: „Natur habe ich eigentlich genug; jedes Mal, wenn ich mit den Bäumen spreche". Als so abwegig empfand er den Gedanken allerdings nicht. Vermutlich sollte er mal eine andere Art der Verbindung mit der Natur versuchen. Vielleicht war das Bisherige doch etwas zu intensiv für ihn. Die zündende Idee kam ihm alsbald. Die kahlen Berge wären genau das Richtige für ihn. Keine Energie der Bäume, nur Energie der Felsen. Alsbald verabschiedete er sich daher von Elise, um seinen Gedanken bei nächstbester Gelegenheit in die Tat umzusetzen.

Erdung in den Bergen

Anderntags eilte er schnellstmöglich zu den Bäumen, teilte ihnen seinen Entschluss mit, sich für eine gewisse Zeit zu verabschieden. Dann begab er sich unverzüglich auf seine Reise. Nach einer längeren Fahrt mit der Eisenbahn - zwischendurch war er zweimal gezwungen umzusteigen - fand er sich dann in dem von ihm ausgesuchten Ort ein. Alsbald gelangte er zu der von ihm vorbestellten Herberge.

Aus dem Fenster seines Zimmers konnte er das beeindruckende Panorama der Berge erblicken. Bevor er sich zum Abendessen und dann zur Nachtruhe begab, fragte er an der Rezeption, welches der beste Wanderweg in das Gebirge sei, speziell in die Gegend, in welcher sich kahle Felsen befinden würden. Laut Auskunft sollte er am besten mit der Seilbahn fahren und danach dem ausgeschilderten

Wege folgen. Nach ca. einer Stunde würde er in eine baumlose, steinige Landschaft gelangen.

Früh brach er am darauffolgenden Tag zu seiner Exkursion auf. Wie ihm angeraten, nahm er die Seilbahn und folgte dem ausgewiesenen Weg. Je höher er den Berg erklomm, je geringer wurde der Baumbestand, bis dann nur vereinzelte, krüppelige Sträucher den Weg säumten.

Mit der Zeit begann Karl Anton eine Veränderung zu erfahren. Eine Umänderung irgendeiner Energie. Vermutlich war es die Kraft der Steine, der Felsen, des Berges. Vollkommen andersartig als die gewohnte Ausstrahlung der Bäume. Nicht so weich, sensibel wie bei seinen ihm vertrauten Bäumen. Sondern kraftvoller, urgewaltiger, wilder. Aber, genau dieses hatte er gesucht.

Nachdem er einen besonders schönen, großen Felsbrocken erblickt hatte, legte er seine Hand auf den selbigen um Kontakt aufzunehmen – wie er es anfangs bei den Bäumen hervorgerufen hatte. Eine unbändige, nie gefühlte Kraft durchfloss ihn daraufhin. Bis in sein Innerstes. Vollkommen anderer Art war diese Energie, urgewaltig, ungebändigt, ungezähmt. Erdverbunden; genau die Lebenskraft, die Eindringlichkeit, die er gesucht hatte.

Es war einfach wohltuend, ein außergewöhnliches, beeindruckendes Geschehnis. Nach einer Weile, sein Zeitgefühl war ihm abhandengekommen, löste er sich von dem Felsen. Wie er es von den Bäumen gewohnt war, bedankte er sich für dieses Erlebnis bei den Felsen, und dafür, dass er durch sie eine besonders stabile Verbindung zur Erde erfahren durfte.

Umgehend nahm er seinen Abstieg in angriff, gelangte zur Herberge, und begab sich anderen Tages auf die Heimreise. Karl Anton hatte nicht damit gerechnet, dass sich sein Aufenthalt nur in dieser

Kürze abspielen würde. Aber er hatte sein Ziel erreicht.

Karl Anton, die Eberesche und Disir

Umgehend begab Karl Anton sich am nächsten Tage in den Wald zu seinen ihm bekannten Bäumen. Voller Kraft und Energie. Die Bäume äußerten ihr Erstaunen darüber, dass er so schnell zurück war; sie hatten mit einem längeren Zeitraum gerechnet. Des Weiteren äußerten sie sich darüber, welche Energie von Karl Anton ausgehen würde. Dieser erklärte ihnen daraufhin sein Erlebnis. Schweigend, ohne Kommentar nahmen die Bäume Kenntnis.

Dann gab es das offenkundige neuerdings übliche „Gerangel", wer von den Bäumen nunmehr mit der Schilderung an der Reihe sei. In diesem Fall setzte sich die Eberesche nach einiger Diskussion durch. Voller Stolz hob sie mit ihrer Erzählung an, wobei die Eiche etwas „maulte", dass sie immer noch nicht an der Reihe war.

„Ich war ebenfalls wichtig, und bin es heute ebenso"
nahm die Eberesche ihren Bericht aus. Sie fuhr fort:
„Vor allem bin ich stolz darauf, ich bin in der Lage,

Disir in der Eberesche

mich fast überall ohne Bedrängnis auszubreiten. Die Vögel übernehmen das. Meine Beeren schmecken ihnen eben". Dabei erschien es so, als ob sich ein breites Grinsen verbreiten würde. „Ich weiß gleichfalls einiges zu erzählen: Geschichten von früher. Wir waren mächtige Schutzbäume. Dämonische Geister und negative Energien haben wir bei den Germanen abgewehrt. Das können wir genauso heute weiterhin. Wir sind das Symbol für Stärke und Ausdauer, da wir im Stande sind, unter schwierigen Bedingungen zu wachsen. Das hatte ich aber ja schon erwähnt. Wir sind Retter und Beschützer. Im Übrigen gibt es da eine romantische Fabel, wie wir den Gott Thor errettet haben. Diese Geschichte steht als Symbol für unsere Eigenschaften als Retter und Beschützer. Thor fiel in einen Fluss und war beinahe am Ertrinken, als er einen Zweig eines unserer Bäume zu fassen bekam um sich daran festzuhalten. Dann nicht zu vergessen, wir sind in der Lage, bei der Heilung durch unsere Beeren helfen."

Die Ausführungen wurden jetzt unterbrochen durch ein: „Habe ich doch gesagt. Karl Anton, Du wirst mich wieder treffen". Und ein Lachen ertönte. „Erinnerst Du Dich an mich?" Natürlich erinnerte Karl Anton sich, es war Disir, die hinter einer Eberesche hervorlugte.

„Ich hatte Dir ja unterbreitet, dass ich im Bereich der Heilung unterwegs bin. Mit der Eberesche arbeite ich ausgezeichnet zusammen. Jetzt sei es dem Baum aber gestattet, weiterzuerzählen. Bevor ich das allerdings vergesse, Karl Anton, Du bist zwischenzeitlich sehr bekannt im Wald. Dich würden gerne viele Elfe, Feen und Nymphen kennenlernen".

Dann machte Disir sich wieder unsichtbar und die Eberesche holte tief Luft, sie war froh, dass es ihr nunmehr gestattet war, weiterer zu erzählen. Elfen zu stören, auch wenn man sie gut kennt, ist nicht so angebracht. Sonst könnten sie unangenehm werden.

„Karl Anton, Du hast ja soeben mitbekommen, die Elfe und ich arbeiten eng zusammen. Der Hintergrund dieser Kooperation besteht ebendaher, meine Früchte sind in der Lage, heilende Wirkungen zu entfalten. Dieselbigen kann Disir ausgezeichnet für ihre Arbeiten einsetzen. Sie kennt sich ebenso hervorragend in der Abmessung der zu verwendenden Mengen aus. Eine falsche Dosierung kann zu gesundheitlichen Problemen führen.

Durch die Anwendung meiner Beeren ist die Möglichkeit gegeben, das Immunsystem zu stärken. Sie besitzen eine Menge Vitamin C. Ich kann hilfreich sein bei diversen Entzündungen und Verdauungsbeschwerden ebenso wie bei Nierenproblemen. Somit, Karl Anton, du siehst, ich bin wichtig. Früher kannten sich die weisen Frauen zutiefst mit meinen heilenden Wirkungen aus. Vieles von diesem Wissen ist leider verloren gegangen.

Etliche Jahre wurde die Medizin der Natur nicht genügend beachtet. Nebenbei bemerkt, exzellenter Marmelade und Säfte sind herstellbar aus meinen Früchten. Ich habe nicht nur eine spirituelle Kraft der Verbindung zwischen Menschen und Natur und die sie umgebenden, außergewöhnlichen Kräften, sondern ebenfalls ganz praktisch: Heilkräfte. Die speziellen Kräfte der Natur erwachen ja derzeit in Dir, indem Du einen Anfang machst, sie wahrzunehmen."

Hier endete die Eberesche mit ihren Ausführungen.

Karl Antons Kopf schwirrte, wie so oft von den ganzen Informationen. Ohne Frage, er bekam dieses Problem unverzüglich in den Griff. Genügend Übungen hierzu hatte er ja schon absolvieren können.

Eines beabsichtigte er doch, noch zum Dank der Ausführungen der Eberesche vorbringen.

Karl Anton zog einen seiner Zettel aus den Taschen, die Bäume ahnten schon, was nunmehr kommen würde, und begaben sich daran, gespannt zu lauschen. Karl Anton gab daher folgende Lyrik zum Besten, welches er sich extra für diese Fälle aufgeschrieben hatte. Es war wiederum ein Gedicht des von ihm verehrten Dichters Trojan.

Die Eberesche

Du standest in Lenzes Sonnenglanz,

Mit weißen Blumen schön geschmückt;

Von roten Früchten einen Kranz

Hat Herbst dir jetzt aufs Haupt gedrückt.

Und mit der roten Beeren Last,

die Deine Zweiglein niederziehn,

Scheinst Du dem Blick noch schöner fast,

Als du prangtest weiß und grün.

J. Trojan

Karl Anton empfahl sich den Bäumen und trat seinen Rückweg an.

Wie schon des Öfteren, die Zeit war wie im Fluge vergangen und die Dämmerung begann in die Nacht überzugehen. Die Wegstrecke war nur schwerlich zu erkennen.

Bald tauchten viele, viele leuchtende Punkte vor ihm auf. Es waren hunderte von Glühwürmchen, die ihm den Weg wiesen. „Ob die von den Feen oder Elfen beauftragt sind?" fragte sich Karl Anton und nahm das Weisen des Weges dankbar an.

Die kleine Fichte möchte auch etwas sagen, und Karl Anton bekommt eine Einladung

In den nächsten Tagen setzte sich der Gedanke bei Karl Anton durch, dass es doch sinnvoll wäre, sich Holz für den Herbst zu beschaffen. Im Herbst zündete er sich verschiedentlich ein Lagerfeuer an, um die Romantik des knisternden Holzes und den herbstlichen Geruch des Feuers zu genießen.

Da er es aber nicht so ohne weiteren Aufwand bewerkstelligen konnte, das Holz aufzusammeln und dann nach Hause zu tragen, nahm er sein Fahrrad. Dort hatte er einen kleinen Anhänger angebracht, in welchen er das Holz sammeln würde.

Auf dem Weg zu eben jener Stelle, an der er viel Holz gesehen hatte, das er verwenden konnte, entschloss er sich, kurz bei den ihm bekannten Bäumen vorbeizuschauen. Er stellte sein Fahrrad am Wegesrand ab und begab sich zu der Lichtung.

Freudig wurde er von den Bäumen begrüß. Er teilte ihnen mit, er hätte nicht viel Zeit, da er Holz holen wolle. Da meldete sich ein dünnes Stimmchen, es war die Fichte. „Schade, ich wollte doch endlich mal etwas zum Besten geben. Wenn ich doch noch sehr jung bin, einiges weiß ich aber schon. Immer erzählen die Anderen und ich darf nicht". Die Fichte dauerte Karl Anton und er entschloss sich, doch eine gewisse Zeit zu opfern und sich anzuhören, was die Fichte erzählen wollte. Glücklich darüber bewegten sich die Nadeln des Bäumchens schnell hin und her.

„Karl Anton, Du wirst Dich sicher wundern, woher ich doch einiges weiß? Das hat mir letztens eine Wald Elfe erzählt. Es war fast Nacht und ich konnte nicht schlafen. Alle anderen ruhten schon, nur ich nicht. An dem Tag waren wieder so viele Geschichten erzählt worden, ich kam dadurch überhaupt nicht zur Ruhe. Alle teilten etwas mit, nur ich nicht. Mit einem Mal kam eine Waldelfe angeflogen und setzte sich auf einen meiner kleinen Äste.".

Dann wurde die Erzählung von einer Stimme unterbrochen. „Ich habe etwas von Elfe gehört! Da bin ich doch gleich mal hergekommen. Bin ja neugierig, wer sich über Elfen unterhält" Karl Anton lachte. Er hatte die Elfe erkannt; es war Disir.

Die Fichte meinte nur zu Disir, dass sie Besuch gehabt hätte, der ihr endlich mal etwas über sie bzw. ihre Bedeutung erzählte. Disir hätte das ja nicht für notwendig angesehen. Erstaunlicherweise traute sich die Fichte somit Kritik an Disir zu üben.

Die Reaktion von Disir beschränkte sich auf den Kommentar: „Das war vermutlich eine Verwandte von mir. Habe schon gehört, es ist jemand aus meinem Verwandtenkreis hier in der Gegend, um sich mal umzusehen. Die soll aus dem Süden kommen, hat sich aber bisher nicht bei mir gemeldet. Kleine Fichte, Du hättest mich ja mal fragen können". Disir war etwas beleidigt und machte sich von dannen.

Somit konnte die kleine Fichte in ihrer Erzählung fortfahren. „Das was ich erfahren habe ist, auch wir Fichten waren und sind wichtig. Nicht nur die Anderen". Disir tauchte wieder aus dem Nichts auf: „Karl Anton, bevor ich das vergesse, Du bist ja inzwischen eine berühmte Persönlichkeit hier im Wald. Die anderen Feen, Elfen, Nixen und Waldgeister haben das Bedürfnis, Dich unbedingt kennenzulernen. Daher, wenn Du Lust und Zeit hast, lasse mir eine Nachricht zukommen über die Bäume". Dann verschwand sie wieder. Vermutlich immer noch etwas beleidigt. Die kleine Fichte stöhnte: „Du meine Güte, kann die mich nicht in Ruhe erzählen lassen? Also ein neuer Anlauf. Meine Vorfahren waren dazu da, den Menschen den Weg zu weisen, wenn sie sich verlaufen hatten. Des Weiteren wurden wir als Schutzbaum und Lebensbaum verehrt. Ebenso hatte die Fee mir verraten, durch unsere Form wurden wir als eine Art Antenne angesehen für die Lebensenergie. Und, dass Menschen die wenig Erdung haben uns als persönlichen Kraftbaum ansehen. Das Letztere wäre doch mal ein Experiment zwischen uns beiden wert. Du bräuchtest nicht mehr zu den Felsen fahren, und ich könnte üben. Das wäre doch schön".

Karl Anton nickte nur und signalisierte damit seine Zustimmung.

Außerdem waren wir für den Schutz vor schlechten Einflüssen zuständig. Sind wir aber heute ja auch noch. Das war eine aufregende Information: Im Frühjahr sind unsere Triebe reich an Vitamin C und zusammen mit Honig ergibt das ein unübertreffliches Hustenmittel. Du siehst Karl Anton, uns kann man gut gebrauchen. Ich bin richtig stolz. Es gibt bestimmt noch ganz viele Geschichten über uns, aber leider hörte die Elfe hier auf zu erzählen, weil sie langsam müde wurde. Sie flog einfach davon. Ich war danach in der Lage, gut zu schlafen und zu träumen". Hier endete die Fichte mit ihrem Bericht.

Karl Anton hatte aufmerksam zugehört, meinte dann aber, jetzt müsse er aber letztendlich weiter, um Holz einzusammeln. Somit begab er sich auf den Weg und ließ eine zufriedene Fichte zurück, die endlich etwas zu den Gesprächen beigetragen hatte.

Auf seinem Weg zum Holzsammelplatz dachte Karl Anton über das Angebot des Treffens mit den Naturgeistern nach. Irgendwann würde er es annehmen.

Karl Anton trifft sich mit den Bewohnern des Waldes

Karl Anton hatte in der nächsten Zeit fleißig Holz gesammelt, damit er genügend hatte, um gemütliche Lagerfeuer im demnächst beginnenden Herbst zu entzünden. Er hatte daran gedacht, sich langsam Elise zu offenbaren, welche Wandlung er vollzogen und Erlebnisse im Widerfahren waren. Den Gedanken hatte er verworfen mit der Begründung, an langen Winterabenden, würde er sie besuchen, dann wäre genügend Gesprächsstoff vorhanden. Es gelänge sicherlich, anregende Unterhaltungen zu führen.

Dann kam Karl Anton der Gedanke, es wäre doch sinnvoll, in naher Zukunft die Einladung zum Treffen im Wald anzunehmen. Im Herbst wäre es vermutlich zu ungemütlich, Nebel, Nässe, unangenehme Temperaturen. Einerseits wollte er seinen Gedanken möglichst schnell verwirklichen, andererseits hatte es vor kurzem begonnen zu regnen. Folgend hatte er die Eingebung, bei dem Niederschlag seine Regenjacke anzulegen und sich nach draußen zu begeben. In seinem Garten standen ebenfalls Bäume. Warum er bisher nicht auf den Gedanken gekommen war, mit selbigen Kontakt zu suchen, erschloss sich ihm nicht. Nunmehr nahm er aber Anlauf.

Wie er es mittlerweile gewohnt war, und schon geübt darin, nahm er Kontakt zu einem seiner Gartenbäume auf. Diesen bat er, den Waldbäumen eine Nachricht zu schicken, deren Inhalt lautete: „Setzt Euch bitte mit den Waldgeistern in Verbindung und bittet sie, da ich ihrem Wunsch auf ein Treffen entsprechen möchte, wenn demnächst trockenes und schönes Wetter ist, sich auf der Waldlichtung zu versammeln. Dann sind wir im Stande uns zu treffen".

Karl Anton stand bei diesem „nieseligen", ungemütlichen Wetter, mit hochgeschlagener Kapuze und wartete auf eine Antwort. Zu seinem Glück dauerte es nicht lange und bestand nur in der Mitteilung: „Geht klar".

Schnell begab er sich in sein Haus zurück.

Leider dauerte es einige Tage, bis das Wetter entsprechend war. Im Wald angekommen, wurde er

Karl Anton trifft die Bewohner des Waldes

schon sehnlich erwartet. Ein buntes Völkchen hatte sich dort in einem Kreis eingefunden. Desir ergriff das Wort: „Alle sind in freudvoller Erwartung, Dich kennenzulernen. Vieles haben sie ja schon von Dir gehört. Dann lege mal los mit Deinen Erzählungen und warum Du das überhaupt alles machst, was Du machst. Die Vorstellungen der Anderen hier im Kreis finden danach statt".

Karl Anton erzählte von seinen Gesprächen mit Elise und, dass er eines Tages beschlossen hatte, sich doch mal mit den Anregungen der Elise auseinanderzusetzen.

Nach Vollendigung seines Vortrages herrschte erst einmal Schweigen, dann brandete Klatschen auf. Während seines Vortrages kam in Karl Anton die Erinnerungen über das bisher erlebte in einer starken Präsenz hoch. Er bemerkte, er war stolz auf sich und das bisher Geschehene und das Erreichte.

Dann begann die Vorstellungsrunde. Leshy nickte nur und meinte; „Du kennst mich ja längst".

Karl Anton hatte während seines Vortrages schon einen merkwürdigen Vorgang beobachtet. Von Zeit zu Zeit kam ein Vogel, setzte sich hinter eine der Anwesenden und schüttete ihr Wasser über den Kopf. Daher war er gespannt darauf, wer das sei, und was es mit dem Wasser auf sich hat.

Zuerst stellte sich jedoch ein zauberhaftes Wesen mit einem faszinierenden bunt schillernden Blumenkranz im Haar vor. „Ich bin Diantha, vielleicht kannst Du dir ja schon anhand meines Kranzes vorstellen, wofür ich hier im Wald zuständig bin? Für die Blumen und alles damit in Verbindung stehende Blühendes. An meiner Seite ist Florina, sie ist ebenfalls für die gleichen Dinge verantwortlich. Wir arbeiten eng zusammen. Wie ihr Menschen so sagt: „Hand in Hand".

Weiter ging die Vorstellungsrunde. „Ich bin Selene, eine Fee, die die Nacht erhellt. Karl Anton, Du hast mich schon kennengelernt. Du warst nicht in der Lage, mich zu sehen, aber ich habe dir, falls Du dich erinnerst, die Glühwürmchen gesendet, damit sie dir den Weg leuchten". Weiter in der Vorstellungsrunde. „Ich bin Althea und sorge dafür, wenn es jemandem im Wald nicht gut geht, eventuell krank ist, dass er die entsprechende Fürsorge erhält".

In der Chronologie der Vorstellung war nunmehr diejenige an der Reihe, auf deren Erzählung Karl Anton im Besonderen gespannt war. Jetzt würde er erfahren, was es mit dem Vogel und dem Wasser auf sich hat. „Ich bin Odine, eine Wassernixe.". Odine konnte sich zunächst nicht weiter vorstellen, da Karl Anton ihr ins Wort fiel, um zu fragen, was es mit dem merkwürdigen Vogel auf sich hat. Odine lachte daraufhin schallend. „Ach, ihr Menschen keine Ahnung habt ihr von unserer Welt. Das war vor langer

Zeit schon mal anders. Daher, nochmal. Ich bin Odine, eine Wassernixe. Vermutlich kannst Du Dir somit vorstellen, ich habe etwas mit Wasser zu tun. Hier auf dem Land ist es mir zu trocken; daher kommt öfters ein Vogel und benetzt mich, damit ich nicht austrockne. Das würde mir absolut nicht bekommen. Mein Zuständigkeitsbereich erstreckt sich auf das nasse Element, die dortigen Fische und Pflanzen. Mit Wasser meine ich, Flüsse, Seen, Tümpel und einiges mehr. Außer dem Meer, dafür ist meine Cousine Nerissa zuständig. Die ist übrigens gerade zu Besuch bei mir. Du siehst, mein Tätigkeitsbereich ist doch außerordentlich vielfältig. Derzeit ist sehr sehr viel an Arbeit vorhanden. Ihr Menschen geht nicht besonders besonnen damit um. Irgendwann werde ich wohl nicht mehr in der Lage sein, mit dem Arbeitspensum umzugehen. Dann wird es hochgradig schlimm werden." Odine war richtig aufgebracht. Alle anderen im Kreis schauten ebenso etwas erzürnt.

Nerissa besucht ihre Cousine Odine

Die Bäume schlossen sich der Kritik an, indem sie sich mit ihren Kronen schüttelten. Wenn sich nichts ändert, wir es ein missliches Erwachen geben. Aber einstimmig meinten sie, dass Karl Anton ja nicht schuld sei, er würde sich ja bemühen sie alle zu verstehen.

Dann ergriff Desir nochmals das Wort: „Es hat uns alle gefreut, deine Geschichte zu hören. Bleibe auf deinem Weg. Langsam erscheint der Herbst. Daher gehen wir davon aus, uns erst nächstes Jahr wieder hier zu versammeln. Aber, es besteht vermutlich die Möglichkeit, solltest Du dann im Winter dich im Wald aufhalten, dass Du entfernte Verwandte von uns triffst. Die Zwerge, sie passen in der kalten Jahreszeit auf die Natur auf".

Karl Anton bedankte sich, und für den Fall, dass sie sich erst im Frühling wieder treffen würden, wünschte er allen einen ruhigen Schlaf im Winter.

Ein kurzes Gespräch zwischen Karl Anton und der Buche.

Die herbstliche Kühle zog langsam durch das Land. In den Nachrichten hatte er vernommen, die Weinlese sei beendet und der Nachsommer gewann an Schnelligkeit. Die farbige Laubfärbung intensivierte sich. Von dem restlichen Grün über Gelb und intensivem Rot. Farbenpracht durchzog die Landschaft. Karl Anton hatte innerlich das Anliegen, sich nochmals zu seinen Freunden, den Bäumen begeben um ihnen einen angenehmen, erholsamen Winterschlaf zu wünschen.

Bei hinreißendem, königsblauem, lichtdurchflutetem Himmel begab er sich zu den Bäumen. Diese waren beglückt ihn nochmals zu treffen.

Karl Anton sprach die Buche an: „Du hast dich im Laufe des Sommers überhaupt nicht mit einer Geschichte gemeldet. Hast Du nichts zu erzählen?"

„Doch, doch aber ich wollte den Anderen den Vortritt lassen. Jetzt wird es etwas zu spät für Geschichten. Aber, es sei Dir gesagt, Geschehnisse gab es in meiner Familie ebenfalls. Ebensolche Wichtigen, wie bei den Anderen. Aber das werde ich im nächsten Frühling, oder Sommer zum Besten geben."

Karl Anton, akzeptierte diese Aussage und freute sich schon auf die Geschichten, die die Buche erzählen würde.

Der Buche zugewandt, meinte Karl Anton: „Darüber hinaus habe ich Dir einige Zeilen mitgebracht, die ich Dir zum Besten geben möchte, die Dich erfreuen mögen, um Deinen Winterschlaf zu verzücken. Sie stammen von demjenigen, aus dessen Repertoire ich auch die anderen Zeilen rezitierte.

Märchenerzählerin

Ist die Buche

Seltsame Träume

Rauschet sie hernieder

Auf Wanderers Augen,

Auf Wandrers Augen.

Herberge vielen

Gibt ihr Gezweige,

In ihres Schattens

Goldgrüner Dämmerung

Löst sich die Seele,

Es atmet die Brust.

„Ach, das ist aber schön. Die Zeilen werden meine Träume versüßen" meinte die Buche, bevor sie schwieg.

Die Eiche erzählt Karl Anton eine Geschichte für den Winter

Karl Anton wandte sich schon zum Fortgehen, als die Eiche sich zu Wort meldete. „Halt, halt" rief sie. „Dann kann ich ja schließlich ein wunderschönes Erlebnis Dir lieber Karl Anton zum Besten geben. Du hast uns so ausgezeichnet unterhalten, so erquickliche Gedichte uns zur Kenntnis gegeben, dafür möchte ich mich revanchieren. Eine angenehme Geschichte, in der Hoffnung, deren romantische Wirkung bereichert die langen Winterabende von dir, Karl Anton." Karl Anton setzte sich auf einen Stein, da er vermutete, die Geschichte könne doch etwas länger werde. Mit dieser Vermutung sollte er recht behalten.

„Eines Tages" eröffnete die Eiche Erzählung, „ich war noch sehr jung, aber da das zu Berichtende für mich ein schönes Erlebnis war, habe ich es doch über

Romantische Treffen im Wald

die lange Zeit in einem Gedächtnis behalten. Eines Tages, es war ein wohltemperierter Sommertag, möglicherweise etwas zu warm, so dass die Menschen den wohltuenden Schatten von uns Bäumen aufsuchten, hielt dort hinten eine Kutsche. Den Weg, welchen Du dort erblicken kannst, gab es schon zu damaliger Zeit. Eben dort hielt eine Equipage, der ein elegant gekleidetes Paar entstieg. Unverzüglich begaben sie sich in die Dämmerung des grünen Daches des Waldes. Wie es der Zufall wollte, genau in meine Nähe, so dass ich in der Lage war, dem nachfolgenden Gespräch lauschen zu können. Bei dem nobel gekleideten Herrn – in eben solchem Stiel war ebenso die Dame eingekleidet – mag es sich um einen Literaten, Lyriker oder Musensohn gehandelt haben; oder zumindest um jemanden, der sich damit auskannte. Erkennbar war ein gesteigertes Interesse der Dame an den nachfolgenden Ausführungen. Nachdem sie eine Decke auf dem Waldboden ausgebreitet hatten, die mitgebrachten Erfrischungsgetränke dem mitgeführten Korb entnommen, zog der Herr ein kleines Büchlein aus seiner Garderobe hervor. Seinen Ausführungen konnte ich entnehmen, dass es sich um Literatur eines erst kürzlich verstorbenen Dichters handeln würde.

Die wohlgesetzten, Wendungen in eben jenem Buche faszinierten mich. Da, wie schon erwähnt mir dieses alles doch im Gedächtnis verhaftet ist, möchte ich sie für Dich wiederholen.

Es handelte sich hierbei um die Beschreibung des Traumes eines Jünglings.

(„Nur selten schimmerte der Tag durch das grüne Netz. Bald kam er vor eine Felsenschlucht. Je höher er kam, desto lichter wurde der Wald. Endlich gelangte er zu einer kleinen Wiese. Hinter jener erhob sich eine hohe Klippe, an deren Fuß er eine Öffnung erblickte, die der Anfang eines Ganges zu sein schien. Der Gang führte zu einer großen Weitung, aus der ihm von fern, ein helles Licht entgegen glänzte. Dort ward er einen mächtigen Strahl gewahr, der wie aus einem Springquell bis an die Decke des Gewölbes stieg, und oben in unzählige Funken zerstäubte, die sich unten in einem Becken sammelten.

Ein unwiderstehliches Verlangen ergriff ihn sich zu baden. Es dünkte ihn, als umflösse ihn eine Wolke des Abendrots; eine himmlische Empfindung überströmte sein Inneres. Neue, niegesehene Bilder entstanden, die auch ineinander flossen und zu sichtbaren Wesen um ihn wurden. Berauscht von Entzücken schwamm er gemach dem leuchtenden Strome nach. Dann fand er sich auf einem weichen Rasen am Rande einer Quelle. Dunkelblaue Felsen mit bunten Adern erhoben sich in einiger Entfernung. Das Tageslicht, das ihn umgab, war heller und milder als das gewöhnliche, der Himmel war schwarzblau und völlig rein. Was ihn aber mit voller Macht anzog, war eine hohe, lichtblaue Blume. Er sah nichts als die blaue Blume, und betrachtete sie lange mit unendlicher Zärtlichkeit. Endlich wollte er sich ihr nähern, als sie auf einmal sich zu bewegen und zu verändern anfing. Die Blume neigte sich nach ihm zu, und die Blütenblätter zeigten einen blauen ausgebreiteten Kragen, in welchem ein zartes Gesicht schwebte")

(Anmerkung: Der obige Text ist sehr stark verkürzt dargestellt.)

Hier möchte ich nunmehr mit meinem mir noch im Gedächtnis haftenden Text enden". Erklärte die Eiche und fuhr alsbald fort mit ihren Ausführungen. Es waren für mich wunderschöne, wohlgesetzte Worte. In der darauffolgenden Zeit konnte ich etwas mehr über den Urheber in Erfahrung bringen. Dieses ergab

sich aus dem Umstand, dass doch des Öfteren Ausflügler sich über eben jenen Verfasser unterhielten. Ich erlangte Kenntnis darüber, dass es sich um einen der Texte eines gewissen Novalis aus

der von ihm herausgebrachten Lektüre „Heinrich von Ofterdingen" handeln würde. Mehrere Jahrzehnte

Der Traum des Jünglings

später, ich war schon zu einem stattlichen Baum herangewachsen, erfuhr ich dann, dass die Zeit der

Entstehung dieses Werkes als die Zeit der Romantik bezeichnet wurde. Von großem Interesse war für mich allerdings, die Erkenntnis, dass gerade der mir im Gedächtnis haften gebliebene Text eine große Rolle spielte. In meiner Wiedergabe des Textes spielte eine blaue Blume eine entscheidende Rolle.

Sie wurde als Sinnbild für diese Epoche angesehen. Es war ja für mich eine lange Zeit. Schwierig an neue Informationen zu gelangen. Ihr Menschen habt uns ja oftmals nur dahingehend betrachtet, welchen Nutzen wir für euch haben. Da ich ja ein langes Leben habe, konnte ich es mir leisten, - allerdings war es manchmal nicht so einfach, sich in Geduld zu üben, - auf weitere Unterrichtungen zu hoffen. Stück für Stück wurden mir Informationen zugetragen. Meistens durch gebildete Spaziergänger. Somit habe ich die Erkenntnis erlangt, welches entscheidende Punkte waren, um die Zeit der Romantik so zu definieren. Insbesondere die Hinwendung und die

Achtung der Natur ist eines der Merkmale. Es wurde Wert auf die Äußerung von Emotionen gelegt und die Erkenntnis der Gefühle, der eigenen, aber ebenso der Anderen. Die Menschen kamen mit der Rationalität der Zeit nicht mehr klar. Industrielle Revolution, Veränderungen überall. Daraus entstand die Sehnsucht auf alt Bewährtes. Lieber Karl Anton, jetzt möchte ich aber doch langsam enden mit meinem Vortrag. Eines sei Dir auf deinen Weg für die langen Winterabende mitgegeben. Überlege mal, bricht nicht eine neue Zeit der Romantik wiederum an? Das Grundkonzept für Sehnsucht und Tiefe der Gefühle war und ist wieder da. Ihr Menschen seit orientierungslos, überfordert, wie damals, mit der schnellen Entwicklung der Technik. Aber die Achtsamkeit, die Achtung vor der Umwelt und die Nachhaltigkeit beginnt sich langsam Bahnen zu brechen. Ein letztes Beispiel. Die Natur war damals und ist es heute auch noch, eine wichtige

Inspirationsquelle. Früher die Poesie, heutzutage die Naturfotografie.

Und eines der besten Beispiele sitzt gerade vor mir. Du hast dich um uns gekümmert, hast einem kleinen Bäumchen Wasser gebracht, hast dir Kraft in der Natur geholt, Lebenskraft in den Bergen geholt, dich mit Waldbaden beschäftigt. Somit würde ich dich schon als Romantiker bezeichnen. Du hast Achtung vor der Natur. Jetzt hoffe ich, habe ich dir auch ein Stück Freude bereiten können, wie Du es uns hast angedeihen lassen. Außerdem hast Du somit etwas zum Nachdenken.".

Jetzt schwieg die Eiche, ebenso wie Karl Anton.

Nach einer längeren Zeit, in welcher beide Stillschweigen bewahrten, fragte die Eiche: „Hat es dir nicht gefallen, du schweigst ja?"

„Doch, doch" antwortete Karl Anton. „Zutiefst sogar. Ich bin überwältigt und habe über vieles nachzudenken im Winter. Ich danke Dir von Herzen."

Dann begab Karl Anton sich auf den Heimweg. In Gedanken versunken betrat er den Waldweg und wandte sich in Richtung seines Heimes.

Desir bittet um Hilfe und die Waldbewohner verabschieden sich in die Ruhe des Winters

Im Verlauf der eingeschlagenen Wegstrecke kam er an eine Biegung, nach deren passieren blieb er erstaunt stehen.

Die Bewohner des Waldes warten auf Karl Anton

Rechts und links des Weges standen viele von seinen Freunden, die er im Laufe des Sommers kennengelernt hatte.

Es hatte den Anschein, als warteten sie auf ihn.

Mit den Worten „Halle Karl Anton" wurde er von den Wesen des Waldes empfangen. Einige waren ihm bekannt, aber es hatten sich auch ihm noch nicht vertraute unter das bunte Völkchen gemischt. „Die Bäume haben uns geflüstert, dass sie sich auf ihre Winterruhe vorbereiten, und Du dich dann langsam zurückziehen wirst. Wir werden uns demnächst von der Außenwelt abkapseln. Zumindest einige von uns, Anderen werden im tiefsten Winter verschiedene Aufgaben zu erfüllen haben. Speziell, wenn für Euch die Weihnachtszeit und die Phase danach ansteht. Es war ein schöner Sommer mit Dir. Wir alle hier, sind stolz auf Deine Entwicklung".

Dann meldete sich Desir, zu Worte, welche Karl Anton wohl bekannt war, und spracht: „Karl Anton, wir haben eine Bitte an Dich und hoffen, Du bist in der Lage, sie uns zu erfüllen. Wenn wir uns nunmehr für den Winter zurückziehen, dann begeben sich viele von uns in das Erdreich, speziell unter Bäume mit starken Wurzeln. Jetzt haben wir aber alle großen Bedenken, dass im Winter der Baum, unter dem wir uns aufhalten, eventuell gefällt wird und wir dadurch unser Quartier verlieren könnten. Daher die Bitte, kannst Du auf die Bäume aufpassen? Wir zeigen Dir, welche Bäume wir genau meinen." „Kein Problem" meinte Karl Anton, er überlegte, wie könnte er sich sicher merken, welche Bäume gemeint wären? Dann wandte er sich an die Waldbewohner, um ihnen zu sagen, er wolle schnell nach Hause, um etwas Farbe zum Markieren der Bäume zu holen. Nach annähernd einer Stunde war er zurück. „Jetzt zeigt mir, welche Bäume ihr meint. Ich werde einen kleinen Farbtupfer an ihnen anbringen, um sie zu markieren. Morgen werde ich dann dem Förster Bescheid geben, er soll diese Bäume auf jeden Fall stehen lassen. Den kenne ich, der ist schon vernünftig, wenn ich mit meiner Bitte an ihn herantreten werde". Meinte Karl Anton, da er die skeptischen Blicke bemerkte. Ihm wurden die entsprechenden Bäume zur Kenntnis gebracht und von ihm danach markiert.

„Nunmehr habe ich meine Arbeit vollendet und wünsche euch einen friedvollen Winter" meinte Karl Anton anschließend zu den Waldbewohnern und begab sich, da es doch schon bedenklich dämmerig wurde schnellstmöglich auf den Heimweg. Die Bewohner winkten ihm zum Abschied lange nach.

Am selbigen Abend schließlich setzte er sich noch mit dem Förster in Verbindung, entschuldigte sich dafür, dass es doch schon etwas später war, und brachte sein Anliegen vor. Der Förster versicherte ihm, es wären keine Arbeiten in diesem Winter im Wald geplant, und er könne beruhigt sein.

Nach einem ereignisreichen Tag ließ Karl Anton ihn bei einer Tasse Kakao zufrieden ausklingen.

Karl Anton verabschiedet sich von den Bewohnern des Waldes bis zum Frühjahr

Karl Anton trifft Elise und berichtet ihr von seinen Erlebnissen des Sommers

Das Wetter verschlimmerte sich langsam und der volle Herbst hielt Einzug, indem er seine Fühler ausstreckte. Ab und an schimmerte der „Goldene Oktober" durch. Wenn dem so war, begab sich Karl Anton in seinen Garten, um diesen auf den Winter vorzubereiten. Sträucher schneiden, die abgestorbenen Blumen auf dem Kompost entsorgen, das Laub von seinem Rasen entfernen. Dieses transportierte er in eine Ecke des Gartens, schichtete es auf, damit kleine Tiere Unterschlupf finden könnten. Im Laufe des Sommers wandelte sich sein Verhältnis zur Natur vollkommen. Seine Aufmerksamkeit hatte sich nunmehr in verstärktem Masse dem Naturreich zugewandt.

Dann, eines Tages nahm er „Anlauf", Elise endlich zu besuchen. Er zog sich warm an, denn es fing an zu schneien. Den Gang zu ihrem Haus genoss er. Die kalte Luft klärte seine Gedanken.

Karl Anton und Elise

Völlig überrascht, aber hoch erfreut öffnete Elise ihm die Tür. Sie bereitete Kaffee vor und beide nahmen am Fenster ihren Platz ein.

Karl Anton eröffnete das Gespräch mit der Frage an Elise, wie es ihr seit seinem vorhergehenden Besuch ergangen sei. Was sie erlebt hätte. Bei den letzten beiden Aufwartungen von ihm, hätte sie ihm ja berichtet, sie sei verreist gewesen. Ob es zwischenzeitlich nochmals zu einer Reise gekommen sei? Was sie denn über den Sommer in die Tat umsetzen hätte. Elise: „Ich habe dieses Mal keineswegs nicht nur einen Urlaub unternommen, sondern eine Reisezeit mit Bildung. Meine Urlaubszeit bestand darin, auf einer Kräuterwanderung Wissen über eben solche Kräuter zu erlangen. Ich beabsichtige mich intensiver mit den Wirkungen von Heilpflanzen auseinanderzusetzen. Das ist absolut faszinierend. Karl Anton, kannst Du Dich an unser Gespräch über das Räuchern erinnern?

Für diese Zeremonie erstrebte ich tieferes Wissen erlangen, was mir gelungen ist. Es war einfach wunderschön, sich in der freien Natur aufzuhalten, sich dem Sammeln von Kräutern hinzugeben und dann die Ruhe dabei zu genießen. Dann habe ich mich, allerdings nur am Rande, mit den Auswirkungen der Sterne, und vor allem die des Mondes auf uns Menschen beschäftigt. Fernerhin kanns Du Dich an eines unserer Gespräche erinnern, in welchem ich von Karma und Rükführungen gesprochen habe? Mit der Thematik habe ich begonnen, mich intensiver zu beschäftigen. Zu einem Ergebnis bin ich jedoch bisher nicht gekommen. Du wirst jetzt sicherlich wieder lachen. Aber das kenne ich ja schon von Dir".

Karl Anton blieb aber ernst und Elise schaute ihn daraufhin verblüfft an. Ihre Reaktion darauf: „Was ist denn mit Dir los, Du lachst ja überhaupt nicht!"

Karl Anton schmunzelte und meinte, jetzt wolle er ihr seine Erlebnisse des vergangenen Sommers schildern. Sie würde hoffentlich keinen Schock erleben.

Dann eröffnete er seine Schilderung damit, dass er einen Entschluss gefasst hatte, sich zu ändern. Schilderte seine Erlebnisse und Empfindungen als er einfach durch den Wald ging. Erzählte vom Waldbaden und wie gut es ihm dabei ergangen war. Die ersten Kontakte mit den Bäumen, seine Wanderung, um sich zu erden. Die Geschichten, die die Bäume ihm erzählten, die Begegnung mit Leshy und Disir.

Nach einer langen Zeit des Erzählens schwieg er dann. Zwischenzeitlich hatte er das Erstaunen von Elise wahrgenommen.

Das Schweigen zog sich in die Länge. Dann stand Elise auf, begab sich zum Fenster und schaute gedankenversunken in die Landschaft.

Als sie sich dann umdrehte, sah Karl Anton Tränen in ihren Augen „Karl Anton, ich weiß nicht, was ich sagen soll, ich bin glücklich, dass auch Du nunmehr diesen Weg eingeschlagen hast. Ich hätte es nie von Dir gedacht. Ich bin so stolz auf Dich. Mir fehlen wirklich die Worte". Dann ging Elise auf Karl Anton zu, nahm ihn fest in den Arm und drückte ihn.

Impressum

Holger Bork

Schönebecker Weg 1

16928 Gross Pankow OT Boddin

Printed by Books on Demand

Layout :   H. Bork

Illustration: By H. Bork mit KI

Bisher vom Autor erschienen.

Briefe an einen Freund 1865

Meditationsgeschichten

Gespräche zwischen Elise und Karl Anton

Weitere Veröffentlichungen

Gedanken eines märkischen Poeten

Über die Frauen, die Liebe und

Das Leben.

Band 1 bis 3